唐诗考述

于信 著

北方联合出版传媒（集团）股份有限公司

春风文艺出版社

·沈　阳·

图书在版编目（CIP）数据

唐诗考述 / 于信著 . — 沈阳 : 春风文艺出版社，
2020.3（2023.8 重印）

ISBN 978-7-5313-5803-9

Ⅰ . ①唐… Ⅱ . ①于… Ⅲ . ①唐诗－诗歌研究 Ⅳ .
① I207.227.42

中国版本图书馆 CIP 数据核字（2020）第 085339 号

北方联合出版传媒（集团）股份有限公司
春风文艺出版社出版发行
http://www.chunfengwenyi.com
沈阳市和平区十一纬路 25 号 邮编：110003
永清县晔盛亚胶印有限公司印刷

责任编辑：刘　维		责任校对：曾　璐	
装帧设计：杨光玉		幅面尺寸：145mm×210mm	
字　　数：153 千字		印　　张：7	
版　　次：2020 年 3 月第 1 版		印　　次：2023 年 8 月第 2 次	
书　　号：ISBN 978-7-5313-5803-9			
定　　价：39.00 元			

引　言

在谈到唐诗的时候，朱自清先生有一段话说得特别有趣："有些人生病的时候或烦恼的时候，拿过一本诗来翻读，偶尔也朗吟几首，便会觉得心上平静些，轻松些。这是一种消遣，但跟玩骨牌和纸牌等等不同，那些大概只是碰碰运气。跟读笔记一类书也不同，那些书可以给人新的知识和趣味，但不直接调平情感。读小说在这些时候大概只注意在故事上，直接调平情感的效用也不如诗。诗是抒情的，直接诉诸情感，又是节奏的，同时直接诉诸感觉，又是最经济的，语短而意长。具备这些条件，读了心上容易平静轻松，也是自然。自来说，诗可以陶冶性情，这句话不错。……读诗的人直接吟味那无我的情感，欣赏它的发而中节，自己也得到平静，而且也会渐渐知道节制自己的情感。一方面因为诗里的情感是无我的，欣赏起来得设身处地，替人着想。这也可以影响到性情上去。节制自己和替人着想这两种影响都可以说是人在模仿诗。诗可以陶冶性情，便是这个意思，所谓温柔敦厚的诗教，也只该是这个意思。"（朱自清：《〈唐诗三百首〉指导大概》）这是朱自清先生读唐诗的经历和感受，我读了之后不觉心动。我的老爸是诗迷，更是唐诗的极度爱好者。他的信条就是杜甫的诗句："宽心应是酒，遣兴莫过诗。"（杜甫《可惜》）每到酒酣耳热之后，他不是自己赋诗一首，就是背诵唐诗一首，因为没有其他听众，只有我在身边，于是总是对着我吟诵，懂与不懂，开始的时候他不管。尤其是到了晚上，他经常是有节奏地背诵唐诗，来哄我入睡。我虽然不懂诗意，但是逐渐习惯了他吟诗的节奏，也经常是随着唐诗的节奏进入梦乡。近朱者赤，慢慢地，我习惯了抑扬顿挫的节奏，习惯了老爸吟诗的声音和腔调。不知不觉，我也喜欢上了唐诗，经常缠着老爸给背上一首、两首，再听他如醉如痴地讲解，心里总有一种说不出的快感。一旦老爸出差在外不能在晚上给我吟诵唐诗，我总感觉像缺了点什么，心里不大安稳。于是乎，我便从老爸的书架上找来唐诗选本，自己来读，虽然似懂非懂，但是能找到一点感觉，心里舒服多了。就这样，我也成为唐诗的"粉丝"，由被动地听老爸吟诵唐诗，到自觉、自动地读唐诗，从小学到初中、高中、大学，这个爱好始终不变。攻读硕士学位之后，我又在诵读唐诗的同时，注意了解唐诗研究的情况，特别是其中的一些热点问题，并且经常和诗迷老爸探讨。时间久了，我在唐诗探讨中有了一些想法，特别是对唐诗的研究历史、唐诗的选本等问题有了一些个人的理解和认识，近来整理成书，尽管不太成熟，但是愿意同唐诗爱好者交流一下。

目　录

第一章　唐诗选本

　　唐诗是中国古代诗歌发展到鼎盛时期产生的一个奇迹，千百年来，受到不同时代、不同阶层的喜爱，其成就和历史地位也得到历代有识之士的充分肯定，进而成为历代诗人师法的典型和样板。所以，从唐代开始，编选唐诗者几乎代不乏人。同时，随着唐诗研究的逐渐深入，有关唐诗选本的介绍和评价也大量涌现，虽然时代不断发展变化，但是这些诗学批评材料并不过时，对我们解读唐诗仍然具有启发意义。

一

　　首先，在唐王朝，就有人标举唐诗的成就和地位：如唐人顾陶在其《唐诗类选序》中说:"国朝以来,人多反古,德泽广被,诗之作者继出,则有杜、李挺生于时,群才莫得而并。其亚则昌龄、伯玉、云卿、千运、应物、益、适、建、况、鹄、当、光羲、郊、愈、籍,合十数子,挺然颓波间。得苏、李、刘、谢之风骨,多为清德之所讽览,乃能抑退浮伪流艳之辞,宜矣。爰有律体,祖尚清巧,以切语对为工,以绝声病为能,则有沈、宋、燕公、九龄、严、刘、钱、孟、司空曙、李端、二皇甫之流,实繁其数,皆妙于新韵,播名当时,亦可谓守章句之范,不失其正者矣。"(中华书局影印本《全唐文》卷七六五)文章通过介绍唐代多个诗歌创作群体的成就和特色,凸显唐诗的盛况和地位。再如唐人司空图在《与王驾评诗书》中说:"国初,上好文章,雅风特盛。沈、宋始兴之后,杰出江宁,宏思于李、杜,极矣!"(《四部丛刊》本《司空表圣文集》卷一)它指出唐诗的兴盛过程,特别指出以李白和杜甫为代表的唐诗创作已经达到登峰造极的地步。

接下来,在两宋时期,文人和有识之士在谈到唐诗时,也大都充分肯定其成就和历史地位。如北宋杰出词人苏轼在其《书黄子思诗集后》一文中就指出:"予尝论书,以谓钟、王之迹萧散简远,妙在笔画之外。至唐颜、柳始集古今笔法而尽发之,极书之变,天下翕然以为宗师,而钟、王之法益微。至于诗亦然。苏、李之天成,曹、刘之自得,陶、谢之超然,盖亦至矣。而李太白、杜子美以英玮绝世之姿,凌跨百代,古今诗人尽废。"(《四库全书》本《东坡全集》卷九三)苏轼由论书而及于论诗，充分肯定唐诗的历史地位，认为以李白、杜甫为代表的唐诗凌跨百代，前不见古人，后不见来者。再如南宋的严羽，对唐诗的成就和历史地位也有非常深刻的阐释："盛唐诸人，唯在兴趣，羚羊挂角，无迹可求。故其妙处，透彻玲珑，不可凑泊，如空中之音、相中之色、水中之月、镜中之象，言有尽而意无穷……推原汉、魏以来，而截然谓当以盛唐为法（原注：后舍汉、魏而独言盛唐者，谓古律之体备也），虽获罪于世之君子，不辞也。"(《沧浪诗话》，中华书局《历代诗话》本)其中对盛唐诗的推崇达到了无以复加的地步。同时，他还从学诗的角度入手，标举唐诗的特殊地位："夫学诗者以识为主，入门须正，立志须高，以汉、魏、晋、盛唐为师，不作开元、天宝以下人物。若自退屈，即有下劣诗魔入其肺腑之间，由立志之不高也。行有未至，可加工力；路头一差，愈骛愈远，由入门之不正也。故曰：学其上，仅得其中；学其中，斯为下矣。……即以李杜二集枕藉观之，如今人之治经。然后博取盛唐名家酝酿胸中，久之自然悟入。虽学之不至，亦不失正路。此乃是从顶颡上做来，谓之向上一路，谓之直截根源，谓之顿门，谓之单刀直入也。"(中华书局《历代诗话》本)严羽指出学诗必须取法乎上，以唐人为师，这是不二法门。其他如金人吕鲲，对唐诗的成就和地位也有精当的概括："杂体之变，渐于晋而极于唐。穷天地之大，竭万物之富，幽之为鬼神，明之为日月，通天下之情，尽天下之变，悉归于吟咏之微。"（赵衍《重刊李长吉诗集序》，《四部丛刊》影印本《李贺歌诗编》卷首）他认为唐诗之盛，已经达到巅峰状态，后人无法企及。还有元人揭傒斯，对唐诗也有准确的定位："学诗当以唐人为宗，而其法寓诸律，心神节制，字数经纬，小能使大，大能使小，远能使近，近能使远，下抗高抑，变化无穷。龙合成章，斤运成风，谓之微妙玄通，何可以匆匆求之乎？……然诗至唐方可学。欲学诗，且须宗唐诸名家，诸名家又当以杜为正宗……"（明胡文焕辑《格致丛书》本《诗宗正法眼藏》）简而言之，就是两句话：唐诗为诗学正宗，学诗必须师法唐人。到了明代，"前七子"中的代表人物李梦阳更特别强调："文必秦、汉，诗必盛唐，非是者弗道。"（中华书局 1984 年 3 月版《明史》卷二百八十六《文苑列传二·李梦阳传》）虽然有些绝对化，但是也足见唐诗的特殊地位和影响。在清代，虽然诗学领域有宗唐宗宋之争，但是唐诗的主流地位总体上没有改变。康熙皇帝曾以帝王之尊，带头推尊唐诗："诗至唐而众体悉备，亦诸法毕该。故称诗者必视唐人为标准，如射之就彀率，治器之就规矩焉。"（《御制全唐诗序》）其观点非常明确：唐诗无论是体制还是方法都已经完备，作诗必须以唐诗为准绳。在近代和现代，唐诗的历史地位依然不可动摇。近代国学大师王国维曾明确指出："凡一代有一代之文学，楚之骚，汉之赋，六代之骈语，唐之诗，宋之词，元之曲，皆所谓一代之文学，而后世莫能继焉者也。"（《宋元戏曲史》自序）他认定唐诗为一代文学的最高代表，后世难以为继。而现代文学的一代宗师鲁迅先生更对唐诗做了形象的定位："我以为一切好诗，到唐已被做完，此后倘非能翻出如来掌心之'齐天大圣'，大可不必动手。"（《鲁迅书信集》下册）他的意思很清楚：唐诗为诗学高峰，后人难以超越。所以，唐诗在中国诗学史上具有无与伦比的历史地位，是中国传统文化宝库中的明珠。

二

然而，唐诗不仅在中国诗学领域具有独一无二的地位，而且其数量浩如烟海，现存近5万首，这就给阅读唐诗的人带来很大不便，使一般读者产生望洋兴叹之感。好在自唐代开始，各种唐诗选本就开始大量涌现，今天我们能够见到的唐诗选本，仅唐人选唐诗版本就有十多种，如许敬宗等编选的《翰林学士集》、崔融编选的《珠英学士集》、殷璠编选的《丹阳集》和《河岳英灵集》、芮挺章编选的《国秀集》、元结编选的《箧中集》、李康成编选的《玉台后集》、令狐楚编选的《御览诗》、高仲武编选的《中兴间气集》、姚合编选的《极玄集》、韦庄编选的《又玄集》、韦縠编选的《才调集》、佚名编选的《搜玉小集》。据明人胡震亨《唐音统签》的最后部分《唐音癸签》里统计：唐代诗人有别集者共691家，诗大约2000卷。过去，因为专集不容易购得，所以唐人、宋人、明人都爱编选集，如上面所举的《国秀集》《河岳英灵集》《箧中集》《中兴间气集》《极玄集》《又玄集》《才调集》，此外还有《唐百家诗选》《瀛奎律髓》《三体唐诗》《唐诗品汇》等；其他如《分门纂类唐歌诗》《二妙集》《万首唐人绝句》《五唐人诗集》《文章龟鉴》《玉堂才调集》《正声集》《全唐诗录》《全唐诗选》《全唐诗逸》《唐七律选》《唐三体诗》《唐百家诗》等，不胜枚举。清朝康熙年间编成的《御定全唐诗》规模最大，其中诗家2200多人，诗作48900多首。此外还有沈德潜的《唐诗别裁》、王尧衢的《古唐诗合解》、乾隆时期的《御选唐诗》、孙洙（蘅塘退士）的《唐诗三百首》、王闿运的《唐诗选》、民国初年王文濡的《唐诗评注读本》、马茂元先生主编的《唐诗选》等。时至今日，各式各样的唐诗选本、注本数量之大，要花费很大的精力才能计算清楚。根据初步统计，从唐人孙季良编选的第一本唐诗选本《正声集》开始，到晚清吴汝纶的《评点唐诗鼓吹》为止，在这长达一千两百年的时间里，几乎每两年就产生一部唐诗选本，其数量之多，可见一斑。

当然，必须说明的是，因为时代的不同，特别是诗学主张、诗学风气的差异，选家编选唐诗的倾向和角度也各不相同。其一，有人从时代着眼编选唐诗，如明代樊鹏编选的《初唐诗》、程元初编选的《盛唐风绪笺》、张谊编选的《中唐诗选》、顾起经编选的《大历才子诗选》、龚贤编选的《中晚唐诗纪》等；清代有杜诏、杜庭珠编选的《中晚唐诗叩弹集》，乔亿编选的《大历诗略》，查克弘、凌绍乾编选的《晚唐诗钞》等。其中不但包括初唐、盛唐、中唐、晚唐四个时期，而且还有人专门编选中唐大历时期诗人之诗。其二，有人从诗体着眼编选唐诗，如宋代林清之编选的《唐绝句选》、刘克庄选编的《唐五七言绝句》、洪迈编选的《万首唐人绝句》；元代李存编选的《唐人五言排律选》、林与直编选的《古诗选唐》；明代吴勉学编选的《唐乐府》、孙鑛编选的《唐诗排律辨体》、敖英编选的《类编唐诗七言绝句》、王行编选的《唐律诗选》；清代毛奇龄、王锡编选的《唐七律选》、翁方纲编选的《唐五律偶钞》《唐人七律志彀集》《七言律诗钞》、曹毓德编选的《唐七律诗钞》、赵臣瑗编选的《山满楼笺注唐诗七言律》等。其中包括五言绝句、七言绝句、五言律诗、七言律诗、五言排律、七言排律、五言古诗、七言古诗等，范围很广，囊括了唐代诗歌的各种诗体。其三，有人从题材和类别着眼编选唐诗，如晚唐的顾陶于宣宗至僖宗年间编选的《唐诗类选》，宋赵孟奎编选的《分门纂类唐歌诗》，明周叙编选的《唐诗类编》，顾应祥编选的《唐诗类钞》，卓明卿编选的《唐诗类苑》，敖英编选的《类编唐诗七言绝句》，蔡云程编选的《唐律类钞》，张之象编选的《唐诗类苑》，潘光统编选的《唐音类选》，李维桢编选的《新镌名公批评分门释类唐诗隽》，冯琦编选的《唐诗类韵》，张居仁编选的《唐诗十二家类选》，戴明说编选的《唐诗类苑选》，杨廉编选的《唐诗咏史绝句》，种类繁多。此外还有清人聂先编选的《唐人咏物诗》、刘云份编选的《唐宫闺诗》、曹锡彤编选的《唐诗析类集训》等，涉及的题材和内容特别广。其四，有人从艺术风格着眼编选唐诗，如明代高棅的《唐诗品汇》、唐汝询的《汇编唐诗十集》，清代鲍桂星编选的《唐诗品》、岳端编选的《寒瘦集》、黄周星编选的《唐诗快》等，都是根据自己喜欢的风格来编选唐诗。其五，有人根据自己的诗学主张编选唐诗，如唐芮挺章编选的《国秀集》，其诗学主张：一是在情感内容上强调"雅正"原则，二是在艺术上讲究"风流婉丽"，所以风格豪放、气势壮大之作很少入选。再如唐殷璠编选的《河岳英灵集》，其诗学主张主要是两个方面：一方面强调诗歌应该"神来、气来、情来""既多兴象，复备风骨"，认为这是盛唐诗最突出的成就和特征，所以极力推崇；另一方面标举诗歌创作的方向、道路、标准，这就是"既闲新声，复晓古体，文质取半，风骚两挟，言气骨则建安为传，论宫商则太康不逮"，一言以蔽之，就是继承与创新相结合，"声律风骨"兼备。其实，这也是他的选诗标准，简而言之，就是既讲兴寄，又重气骨。通观此书，应该说选入的诗作基本体现了他的主张。其他如元结编选的《箧中集》，也是依据自己的诗学主张编选唐诗。元结对当时"拘限声病，喜尚形似"的诗歌风气不满，力图复古，所以此集中所选唐人之诗多有古诗风概。对此，《四库全书总目提要》做了客观的评价："其诗皆淳古淡泊，绝去雕饰，非唯与当时作者门径迥殊，即七人所作见于他集者，亦不及此集之精善，盖汰取精华，百中存一。"其六，有人从儿童启蒙教育着眼编选唐诗，如宋人刘克庄的《唐五七言绝句》、清张必昌的《唐诗家训》、孙洙的《唐诗三百首》、章燮的《唐诗三百首注疏》、上元女史陈婉俊的《唐诗三百首补注》、胡本渊的《唐诗近体》、于庆元的《唐诗三百首续选》，都是从儿童的启蒙教育出发编选唐诗。其七，有些人对已有的唐诗选本进行整理，其方式多种多样。其中有的对已有的唐诗选本进行评论，如宋刘辰翁的《王孟诗评》，元仇远的《批评唐百家诗选》，明梅鼎祚编选、屠隆集评的《李杜二家诗钞评林》；有的是对已有的唐诗选本进行增补，如宋代时少章的《续唐绝句》、明代朱梅的《增广唐诗鼓吹续编》、清代高士奇的《续唐三体诗》、俞思谦的《全唐诗录补遗》；有的是对已有的唐诗选本进行删削，如清代朱克生的《唐诗品汇删》、吴昌祺的《删订唐诗解》；有的是对已有的唐诗选本进行批点，如宋代时少章的《批唐百家诗选》，明代顾璘的《批点唐音》，高棅选、桂天祥批点的《批点唐诗正声》，清金圣叹的《贯华堂选批唐才子诗》。就批点的方式而言，有眉批，有尾批，有旁批，有总批，有题下批，少则一二字，多则数百字，甚至上千字；就批点的态度和着眼点而言，有字斟句酌的，有即兴而发的，有借题发挥的，有画龙点睛的，有疏通文字的，有考察史实的，有专事于章法结构的，有着意于艺术风格的；就圈点的方法而言，有实圈，有虚圈，有单圈，有双圈，有单点，有双点……

还有的是对已有的唐诗选本进行笺注，如宋代赵蕃、韩淲编选，谢枋得注的《注解章泉涧泉二先生选唐诗》，胡次焱注的《赘笺唐诗绝句选》，元人裴庾注的《增注唐贤绝句三体诗法》，杨士弘编选、颜润卿注的《唐音缉释》，明李维桢注的《新镌名公批评分门释类唐诗隽》，李攀龙编释、李颐参阅的《镌李及泉参于鳞笺释唐诗选》，林兆珂的《李诗钞述注》，高棅选、郭浚评点、周明辅等参订、谭元春鉴正的《增定评注唐诗正声》，廖文炳的《唐诗鼓吹注解大全》，清钱谦益的《唐诗合选笺注》，高士奇的《唐三体诗评释》，胡宗绪的《唐诗鼓吹驳注》，清王士禛编，吴煊、胡棠笺注的《唐贤三昧集笺注》，赵臣瑗的《山满楼笺注唐诗七言律》，殷元勋笺注、宋邦绥补注的《才调集补注》，孙洙编选、章燮注疏的《唐诗三百首注疏》，姚鼐编选、赵彦传注的《唐绝诗钞注略》，等等。其笺注方式也多种多样，有详注，有简注，有笺注，有双行夹注，有诗尾总注。就解而言，有题解，有训中带解等，形式多样。

除了上述几个方面之外，还有从其他角度入手编选唐诗的，如清人纪昀的《唐人试律说》、朱琰的《唐试律笺》等从科举考试着眼；明人汪琼的《李杜五律辨注》、清人汪森的《韩柳诗选》等则从诗人并称着眼；清人樊新的《新镌草字唐诗》从练习书法的角度着眼；明人黄凤池的《唐诗画谱》从练习绘画的角度着眼；宋人李龏的《唐僧弘秀集》、无名氏的《唐帝后诗》都是从唐代诗人的身份着眼；清人刘云份的《全唐刘氏诗》、李长祥的《全唐诗蟠根集》则从诗人姓氏着眼……所有这些都说明，由唐代开始，一直到清代，唐诗选本的种类繁多，编选方式、方法、角度更是多种多样。

三

同时，从文学批评史的角度考察，从唐代开始，千百年来针对各种唐诗选本的评论也层出不穷，以我们今天的眼光来审视，这些评论并不过时，对我们解读唐诗仍然具有启发意义。如关于殷璠《河岳英灵集》这一唐诗选本，评价就有多种，其中不乏真知灼见，对我们解读唐诗颇有帮助。首先，唐代的郑谷就以诗来评价此书，其《读前集二首》之一中有云："殷璠裁鉴《英灵集》，颇觉同才得旨深。何事后来高仲武，品题间气未公心。"他将殷璠《河岳英灵集》与高仲武的《中兴间气集》进行比较，肯定前者，批评后者，对我们正确解读这两部唐诗选本很有参考价值。再如明人胡应麟在其《诗薮》中评价说："芮挺章《国秀》不取李颀七言律，姚武功《极玄》不录王维五言绝，殷璠《河岳英灵》不称龙标七言绝，当时月旦乃尔。"他对唐人选唐诗的各种选本进行比较分析，辨析异同，指出其存在的不足，并且揭示其中的原因。还有明人胡震亨在其《唐音癸签》卷三十中说："唐人自选一代诗，其鉴裁亦往往不同。殷璠酷以声病为拘，独取风骨。高渤海历诋《英华》《玉台》《珠英》三选，并訾璠《丹阳》之狭于收，似又专主韵调。姚监因之，颇与高合，大指并较殷为殊。详诸家每出新撰，未有不矫前撰为之说者，然亦非其好为异若此。诗自萧氏《选》后，艳藻日富，律体因开，非专重风骨裁甄，将何净涤余疵，肇成一代雅体？逮乎肄习既一，多乃征贱，自复华硕谢旺，闲婉代兴，不得不移风骨之赏于情致，衡韵调为去取，此《间气》与《极玄》视《英灵》所载，各一选法，虽体气斤两，大难相追，亦时运为之，非高、姚两氏过也。观当日诡异浸盛，晚调将作，二集都未有收，于通变之中，先型仍复不失，则犹斤斤禀殷氏律令，其相矫实用相救尔。"他既采取比较法对唐人各种唐诗选本进行辨析，又结合当时的文化和学术风气进行阐释，颇有见地。其他如《四库全书总目提要·河岳英灵集》："是集录常建至阎防二十四人，诗二百三十四首，姓名之下各著品题，仿钟嵘《诗品》之体，虽不显分次第，然篇数无多，而厘为上中下卷，其人又不甚叙时代，毋亦隐寓钟嵘三品之意乎？"沈德潜《说诗晬语》卷下云："唐诗选自殷璠、高仲武后，虽不皆尽善，然观其去取，各有指归。"吴乔《围炉诗话》云："崔颢因李北海一言，殷璠目为轻薄，诗实不然，五古奇崛，五律精能，七律尤胜。崔曙五古，载《英灵集》五篇，高妙沉着，殷璠谓其'吐词委婉，情意悲凉'，未尽其美。璠谓薛据'骨鲠有气魄'，斯言得之。陶翰诗，沉健、真恻、高旷俱有之。璠又谓刘昚虚'情幽兴远，思苦语奇'，得其真矣。"何焯《〈河岳英灵集〉批校》："此集所取不越齐、梁诗格，但稍汰其靡丽者耳。唐天宝以前诗人能窥建安门径者，唯陈拾遗、杜拾遗、李供奉、元容州，诸人集中独取供奉，又持择未当；他如常建、王维则古诗仅能法谢元晖，近体仅能法何仲容，殆不足以传建安气骨也。此书多取警秀之句，缘情言志，理或未当。"虽然他们的见解颇有异同，但是都具有一定的参考价值，尤其是有了不同观点之间的交叉与争论，更有利于唐诗研究的深入。再如宋人王安石编辑的《唐百家诗选》问世后，评论的人也特别多，引起的争论也特别大。其中争论的焦点是：该选本详于中唐和晚唐，而略于初唐和盛唐，不但不收王维、韦应物等诸位名家之诗，而且竟然连李白、杜甫两人的诗作都未选入，引起了后人无数的猜测，自宋至清，争议不绝。其中赞成、推崇的一方人数众多，如宋代的倪仲传就是代表人物，其《唐百家诗选序》中说："音有妙而难赏，曲有高而寡和，古今通然，无惑乎《唐百家诗选》之沦没于世也。……雅德君子傥于三冬余暇，玩索唐世作者用心，则发而为篇章，殆见游刃余地，运斤成风矣。"（上海涵芬楼仿古活印本《唐百家诗选》卷首）他认为此选本"曲有高而寡和"，非一般人所能理解，推崇之情溢于言表。再如陈正敏，其《遁斋闲览》中有云："荆公《百家诗选序》云：'余与宋次道同为三司判官时，次道出其家所藏唐百家诗，请予择其善者。废日力于此，良可悔也。虽然，欲知唐诗者，观此足矣。'今世所传《百家诗选》印本，已不载此序矣。然唐之诗人，有如宋之问、白居易、元稹、刘禹锡、李益、韦应物、韩翃、王维、杜牧、孟郊之流，皆无一篇入选者，或谓公但据当时所见之集诠择，盖有未尽见者，故不得而遍录。其实不然，公选此诗，自有微旨，但恨观者不能详究耳。公后复以杜、欧、韩、李别有《四家诗选》，则其意可见。"（人民文学出版社版《苕溪渔隐丛话》前集卷三六）他认为此选"自有微旨，但恨观者不能详究耳"，意思是一般人不理解王安石此选的深意，态度与倪仲传基本相同。同时，在赞成此选的人群中，还有人专门为王安石开脱，如赵彦卫在其《云麓漫钞》中说："荆公当删取时，用纸帖出付笔吏，而吏惮于巨篇，易以四韵或二韵诗，公不复再看。余尝取诸家诗观之，不唯大篇多不佳，余皆一时草课以为贽，皆非其得意所为，故虽富而猥弱。今人不曾考究，而妄讥刺前辈，可不谨哉！"（赵彦卫《云麓漫钞》，古典文学出版社1957年版）他意在说明《唐百家诗选》中存在的问题主要是"虽富而猥弱"，而这个问题的产生是因为"吏惮于巨篇，易以四韵或二韵诗"，即王安石手下人懒惰，拈轻怕重造成的，不是王安石本人的问题。另外，朱熹在《答巩仲至书》中也指出："荆公《唐选》本非其用意处，乃就宋次道家所有而因为点定耳，观其序引，有'费日力于此，良可惜也'之叹，则可以见此老之用心矣。夫岂以区区掇拾唐人一言半句为述作而必欲其无所遗哉？且自今观之，其所集录亦只前数卷为可观，若使老仆任此笔削，恐当更去其半，乃厌人意耳，不知此说明者又以为如何也。"(《四部丛刊》本《晦庵先生朱文公集》卷六四)他认为该唐诗选本的问题出在宋次道家所藏唐诗原本本身,不是王安石的问题。此后一直到明清时期,此选仍然有大批推崇者,如明何良俊《四友斋丛说》卷二十四中有云:"王荆公有《唐人百家诗选》,余旧无此书,常思一见之。近闻朱象和有抄本,曾一借阅。其中大半是晚唐诗。虽是晚唐,然中必有主,正所谓六艺无阙者也,与近世但为浮滥之语者不同。盖荆公学问有本,固是堂上人。"他对王安石及其唐诗选本充分肯定。再如清人叶德辉在其《郎园读书志》卷十五中也说:"荆公此选多取苍老一格,意其时西昆盛行,欲矫其失,乃有此举耶?所选诸诗,虽不能尽唐贤之妙,亦可谓自出手眼,非人云亦云者。"他认为王安石这一唐诗选本是为了纠正西昆派积弊而编选。其他如何焯在《跋王荆公唐百家诗选》一文中也对此集的编选进行解释和说明,虽然不是盲目推崇,但是主要还是为王安石张目:"荆公之意,以浮文妨要,恐后人蹈其所悔,故有'观此足矣'之语,非自谓此选乃至极也。后来讥弹之口,并失其本趣。"他对王氏编选唐诗的目的进行分析,以便消除误解。从总体上看,这些人关于王安石《唐百家诗选》的评论虽然角度不同,但都是持肯定的态度。

不过,仔细考察北宋以来的诗学文献资料,我们发现,与上面这些肯定、赞美的观点相反,对王安石这一唐诗选本持批评态度的也大有人在。首先如宋人严羽,他在《沧浪诗话·考证》中批评道:"王荆公《百家诗选》，盖本于唐人《英灵》《间气集》，其初明皇、德宗、薛稷、刘希夷、韦述之诗，无少增损，次序亦同，孟浩然止增其数，储光羲后，方是荆公自去取。前卷读之尽佳，非其选择之精，盖盛唐人诗无不可观者。至于大历以后，其去取深不满人意。况唐人如沈、宋、王、杨、卢、骆、陈拾遗、张燕公、张曲江、贾至、王维、独孤及、韦应物、孙逖、祖咏、刘眘虚、綦毋潜、刘长卿、李长吉诸公，皆大名家。李、杜、韩、柳以家有其集，故不载，而此集无之。荆公当时所选，当据宋次道之所有耳。其序乃言:'观唐诗者，观此足矣。'岂不诬哉！今人但以荆公所选，敛衽而莫敢议，可叹也。"他一方面指出此选本"于大历以后，其去取深不满人意"，另一方面对王安石"观唐诗者，观此足矣"的说法极不赞同，以"岂不诬哉"加以否定。还有刘克庄，他在《后村诗话·续集》中对这一唐诗选本也有所批评:"荆公选《唐百家诗选》，于高适、岑参各取七十余首，其次王建、皇甫冉各六十余首，冉诗佳句如'残雪入林路，深山归寺僧'，如'那堪闭永巷，闻道选良家'，如'借问承恩者，双蛾几许长'，皆不在选中。冉弟曾诗亦工，如'寒磬虚空里，孤云起灭间'，如'孤村明夜火，稚子候归船'，如'三径荒芜羞对客，十年衰老愧称兄'，皆精妙，亦不入选。"刘克庄主要批评其选诗不精，许多好作品被遗漏。其他如明人胡应麟在《诗薮·外编》卷四中说:"荆公《百家》，缺略初、盛。"他指出王安石选诗不完整。而清人王士禛的批评则比较尖锐，其《跋王介甫唐百家诗全本》中有云："余按其去取多不可晓者，如李、杜、韩三大家不入选，尚自有说。然沈、宋、陈子昂、张曲江、王右丞、韦苏州、刘眘虚、刘文房、柳子厚、刘梦得、孟东野概不入选，下及元、白、温、李、皮、陆诸家，不存一字，而高、岑、皇甫冉、王建数子，每人所录几赢百篇。介甫自序谓'欲观唐诗者，观此足矣'，然乎？否耶！世谓介甫一生好恶，拂人之性，此选亦然。"（上海锦文堂刻七略书堂初印本《带经堂集·蚕尾续集》卷一九）他不仅批评该唐诗选本缺漏太多，而且还连带其人，指出王安石"一生好恶，拂人之性"。此外，王士禛在《初跋王介甫唐百家诗选不全本》中又说："盖亦详于中晚而略于初盛。宋人选唐诗，大概如此。意初唐、盛唐诸人之集，更五代乱离，传者较少故耶？"（上海锦文堂刻七略书堂初印本《带经堂集·蚕尾续集》卷一九）他一方面批评王安石这一选本详于中唐和晚唐，而略于初唐和盛唐，另一方面又指出这是宋代唐诗选本的通病。相比之下，清人沈德潜的批评更为尖锐，其《说诗晬语·卷下》中有云："唐诗选自殷璠、高仲武后，虽不皆尽善，然观其去取，各有指归。唯王介甫《百家诗选》，杂出不伦。大旨取和平之音，而忽入卢仝《月蚀》；斥王摩诘、韦左司，而王仲初多至百首，此何意也？勿怖其盛名，珍为善本。"他将王安石此选与唐人殷璠的《河岳英灵集》、高仲武的《中兴间气集》进行比较，认为王氏此选"杂出不伦"，几近于全盘否定。

从上述这些争论中，我们可以看出无论是赞成的一方，还是批评的一方，其观点都不能尽善尽美，但是，正是这些争论，使是非更加清楚，从而把唐诗研究引向更深的层面。

四

从历史上看，在唐诗选本的问题上，类似于上面的评价和争论非常普遍，几乎贯穿各个时代，是我们解读唐诗必不可少的文献资料，对于唐诗的研究与欣赏都有启发意义。但是，到目前为止，众多的唐诗选本还尘埋于图书馆的书库中，难以和读者见面。有些选本，即使是专门研究唐诗的学者也难觅其踪影，金埋沙砾之中，珠藏尘埃之内，其应用价值未能得到应有的发挥。更何况有些孤存、稀见之版本正处于虫蠹风蚀的状态之中，亟须抢救。同时，有关唐诗选本的各种评价，虽然内容相当丰富，时见精彩之论，但是也多湮没于各类文献之中，不便于人们了解和使用。

第二章　宋人唐诗序跋

　　钱锺书先生在《宋诗选注》一书之序中指出:"有唐诗做榜样是宋人的大幸，也是宋人的大不幸。看了这个好榜样，宋代诗人就学了乖，会在技巧和语言方面精益求精；同时，有了这个好榜样，他们也偷起懒来，放纵了模仿和依赖的惰性。瞧不起宋诗的明人说它学唐诗而不像唐诗，这句话并不错，只是他们不懂得这一点不像之处，恰恰就是宋诗的创造性和价值所在。……宋人能够把唐人修筑的道路延长了，疏凿的河流加深了，可是不曾冒险开荒，没有去发现新天地。……或者艺术的整个方向上没有什么特著的转变，风格和意境虽不寄生在杜甫、韩愈、白居易或贾岛、姚合等人身上，总多多少少落在他们的势力圈里。"这把宋诗与唐诗的关系说得非常清楚:宋诗既有模仿唐诗的一面，又有力图自立面目的一面。不过从总体上看，宋代诗歌虽然经历了几次演变，但取法唐诗却是很重要的创作思潮之一，仔细考察，我们发现这一点在宋人所作的序、跋之中，得到了比较明显的显现。

一

　　根据初步统计，在宋代，仅北宋时期有关唐诗的序跋就有150篇左右，从这些序跋之中，可以看出当时文人学士对唐诗的推崇：无论是直接的唐诗序跋，还是间接的论诗之作，论者绝大多数都是以唐诗为准的。其中最突出的一点是对李白、杜甫诗的高度重视。在这150篇左右的序跋之中，关于李白、杜甫的序跋就占了50多篇，为整个北宋时期有关唐诗序跋的1/3。总计关于李白的序跋17篇左右，关于杜甫的30多篇。

　　关于李白的序跋，有多层面、多角度评价其人其诗的，如乐史《〈李翰林别集〉序》推崇李白，为其鸣不平："白有歌云：'吟诗作赋北窗里，万言不及一杯水。'盖叹乎有其时而无其位。呜呼！以翰林之才名，遇玄宗之知见，而乃飘零如是。宋中丞荐于圣真云：'一命不沾，四海称屈。得非命欤！'白居易赠刘禹锡诗云：'诗称国手徒为尔，命压人头不奈何。'斯言不虚矣。凡百有位，无自轻焉。"（巴蜀书社1986年影印宋本《李太白文集》卷一）曾巩在《〈李白诗集〉后叙》推崇李白之诗，并且揭示其成就和特色："白之诗连类引义，虽中于法度者寡，然其辞闳肆隽伟，殆骚人所不及，近世所未有也。《旧史》称白有逸才，志气宏放，飘然有超世之心，余以为实录。"（清康熙五十六年顾崧龄刻本《元丰类稿》卷一二）

在整个北宋时期，苏轼关于李白的序跋最多，如《书李白〈十咏〉》《书〈李白集〉》《书学太白诗》《书太白〈广武战场〉诗》《书李太白仙诗卷》及《记太白诗》（之一）、《记太白诗》（之二）等，有的从单篇作品入手，有的从诗人个性入手，视野广阔。其中《书〈李白集〉》指出李白的创作特点："今太白集中，有《归来乎》《笑矣乎》及《赠怀素草书》数诗，决非太白作。盖唐末五代间贯休、齐己辈诗也。余旧在富阳，见国清院太白诗，绝凡。近过彭泽唐兴院，又见太白诗，亦非是。良由太白豪俊，语不甚择，集中往往有临时率然之句，故使妄庸辈敢尔。若杜子美，世岂复有伪撰者耶？"（明万历间茅维编刻《苏文忠公全集》卷六七），而《书学太白诗》则指出李白诗歌的风格和特征："李白诗飘逸绝尘，而伤于易。学之者又不至，玉川子是也，犹有可观者。有狂人李赤，乃敢自比谪仙，准律，不应从重。又有崔颢者，曾未及豁达李老，作《黄鹤楼诗》，颇类上士游山水，而世俗云李白，盖当与徐凝一场决杀也。醉中聊为一笑。"他一方面指出其"飘逸绝尘"的风格特征，同时也指出其缺点是"伤于易"。

仅次于苏轼的是黄庭坚，他关于李白的题跋有《题李白诗草后》《题所书李太白诗后》《题李太白〈白头吟〉后》《跋李太白〈于五松山赠南陵常赞府〉》（均见清光绪二十年义宁州署重刻本《山谷全书·别集》）等四篇，其中《题李白诗草后》指出李白诗歌的艺术特点，并且对强分李、杜优劣的做法表示不满："余评李白诗，如黄帝张乐于洞庭之野，无首无尾，不主故常，非墨工楷人所可拟议。吾友黄介读《李杜优劣论》，曰：'论文政不当如此。'余以为知言。及观其稿书，大类其诗，弥使人远想慨然。"从中可以看出，虽然黄庭坚特别推崇杜甫，其"江西诗派"尊杜甫为祖，但是他对李、杜之诗不分轩轾，而是同等看待。

此外，北宋人黄裳在其《书李太白对月诗后》一文中，又从艺术思维特征入手，推崇李白："人唯不足，所以有声。始求其言，尤生于不足，使然而使者也；及俄而舞，乃出于不知，自然而然者也。泯三不足，混一不知，入乎大德，而为一乐，不亦至乎！谪仙之歌未尝不继以舞，世俗之见，以为太白牵于纵逸之才思而已，此知谪仙之小者也。故明于诗后。"（《四库全书》珍本初集本《演山集》卷三五）其中"入乎大德，而为一乐，不亦至乎"等数语颇值得玩味。

宋人多推崇杜甫，这在北宋时期便有突出表现，有 30 多篇序跋涉及其人其诗，这是中国诗歌批评史上比较特殊的现象。

不过，仔细考察，关于杜诗的序跋也是苏轼最多，多达 16 篇，其具体篇目是：《记子美〈八阵图〉诗》《书子美"自评"诗》《书子美〈云安诗〉》《书子美〈骢马行〉》《书子美〈黄四娘〉诗》《书子美〈屏迹〉诗》《记子美陋句》《记子美逸诗》《评子美诗》《书子美〈忆昔〉诗》《杂书子美诗》《书杜子美诗》《书杜子美诗后》《题杜子美〈楷木诗〉后》《辩杜子美〈杜鹃〉诗》《书参寥论杜诗》。其中《辩杜子美〈杜鹃〉诗》中着重说明杜甫诗集大成、备于众体的特征:"且子美诗,备诸家体,非必牵合程度侃侃然者也。是篇句落处,凡五杜鹃,岂可以文害辞、辞害意耶?原子美之意,类有所感,托物以发者也。亦六义之比兴、《离骚》之法欤?……子美自我作古,叠用韵,无害于为诗,仆所见如此。谊伯博学强辩,殆必有以折衷之。"(明万历间茅维编刻《苏文忠公全集》卷六七)《书子美〈云安诗〉》则重点说明杜诗之工:"'两边山木合,终日子规啼。'此老杜云安县诗也。非亲到其处,不知此诗之工。"(明万历间茅维编刻《苏文忠公全集》卷六七)《评子美诗》重点说明杜诗用典的成就和特色:"子美自比稷与契,人未必许也。然其诗云:'舜举十六相,身尊道益高。秦时用商鞅,法令如牛毛。'此自是契、稷辈人口中语也。又云:'知名未足称,局促商山芝。'又云:'王侯与蝼蚁,同尽随丘墟。愿闻第一义,回向心地初。'乃知子美诗外尚有事在也。"(明万历间茅维编刻《苏文忠公全集》卷六七)更为难能可贵的是,苏轼尊杜但是并不盲目,并不迷信,他在充分肯定杜诗成就的同时,也指出杜诗的毛病,如其《记子美陋句》中有云:"'减米散同舟,路难思共济。向来云涛盘，众力亦不细。呀帆忽遇眠，飞橹本无蒂。得失瞬息间，致远疑恐泥。百虑视安危，分明曩贤计。兹理庶可广，拳拳期勿替。'杜甫诗固无敌，然自'致远'以下句，真村陋也。此取其瑕疵，世人雷同，不复讥评，过矣！然亦不能掩其善也。"（明万历间茅维编刻《苏文忠公全集》卷六七）他认为诗中的"致远疑恐泥。百虑视安危，分明曩贤计。兹理庶可广，拳拳期勿替"诸句是"瑕疵"，为"村陋"语，无论这一批评是否中肯，都显示出苏轼在诗学上不盲目、不迷信、善于独立思考的可贵品格。

苏轼之外，北宋评价杜诗的序跋也以黄庭坚为多，总共7篇，即《题所书杜子美小诗后》《书草老杜诗后与黄斌老》《跋老杜〈病后遇王倚饮赠歌〉》《跋草书子美诗后》《跋老杜诗》《跋所书老杜诗》《刻〈杜子美巴蜀诗〉序》，其中《跋老杜诗》明确提出自己诗学杜甫："老夫今年四十五，不复能作诗，它文亦懒下笔，欲学诗，老杜足矣。"（文渊阁《四库全书》本《山谷年谱》卷二五）黄庭坚作为"江西诗派"中人，这样的评价在情理之中。

苏、黄之外，北宋其他人关于李、杜诗的序跋也占有相当的比例，也颇有可观之处。

如孙仅在《读〈杜工部诗集〉序》中评价杜甫诗歌之时视野相当宏阔：一是从诗歌史的角度切入，揭示其历史地位："中古而下，文道繁富。风若周，骚若楚，文若西汉，咸角然天出，万世之衡轴也。后之学者，瞽实聋正，不守其根而好其枝叶，由是日诞月艳，荡而莫返。曹、刘、应、杨之徒唱之，沈、谢、徐、庾之徒和之，争柔斗葩，联组擅绣。万钧之重，烁为锱铢，真粹之气，殆将灭矣。泊夫子之为也，剔陈、梁，乱齐、宋，抉晋、魏，潴其淫波，遏其烦声，与周、楚、西汉相准的。……风骚而下，唐而上，一人而已。"（中华书局标点本《杜诗详注》附编）二是说明杜诗对后世的影响："公之诗，支而为六家：孟郊得其气焰，张籍得其简丽，姚合得其清雅，贾岛得其奇僻，杜牧、薛能得其豪健，陆龟蒙得其赡博，皆出公之奇偏尔，尚轩轩然自号一家，赫世烜俗。"（中华书局标点本《杜诗详注》附编）其中"风骚而下，唐而上，一人而已"及"孟郊得其气焰"等语虽然不能说是定评，但是他看出杜诗对这些人的影响的观点倒是有见地的。其他如王洙、苏舜钦、宋谊、王安石、蒲宗孟、王得臣、吕大防、吕昌彦、孔武仲、李纲、郑印等人的序或跋，都对杜诗有所评价，见解也值得注意。

　　王洙的《〈杜工部诗集〉序》主要介绍杜甫家世及其经历，还有诗集编辑与流传状况，从中可见杜诗的流传和版本情况。苏舜钦的《题〈杜子美别集〉后》痛惜杜甫诗集的散佚："杜甫本传云有集六十卷，今所存者才二十卷，又未经学者编辑，古律错乱，前后不伦，盖不为近世所尚，坠逸过半。吁！可痛闵也。"他还评价其诗曰："皆豪迈哀顿，非昔之攻诗者所能依倚，以知亦出于斯人之胸中。"（《四部丛刊》影印清康熙徐惇复刊本

《苏学士文集》卷一三）这说明杜诗都是胸臆语，发自肺腑。宋
谊有《〈杜工部诗〉序》，从"诗缘情"的传统诗学观入手，指
出唐以前诗歌的种种弊端："诗之言生乎志，而言之声出乎情。
自变风作，而志之形于言与夫情之废于声者，虽感愤幽思之成
文，而尚可以和金石、谐律吕，而为圣人之所取也。及夫先王
之泽竭，虽有作者，浮虚之相矜，绮靡之相胜，而无复《风》
《雅》之正矣。"（《古典文学研究资料汇编》上编第一册《杜甫
卷》蔡梦弼《杜工部草堂诗笺》）文章突出唐以前诗歌的缺点是
"浮虚之相矜，绮靡之相胜"，脱离了《风》《雅》传统。然后指
出杜诗集大成的历史地位及其风格特征，并且分析其取得成就
的原因："唐之时以诗鸣者最多，而杜子美迥然特异，相望数千
载之间，而独得古人之大体。其词曲而中，其意肆而隐，虽怪
奇伟丽，变态百出，而一之于法度，不几于古之言志而咏情者
乎！惜乎遒人之不见采，而子美不见知于上，愈穷而愈工。然
世之所传，尚有遗落而不完。……岂子美之诗深远而难知耶？
抑其篇章之浩博而难穷考耶？"（《古典文学研究资料汇编》上
编第一册《杜甫卷》蔡梦弼《杜工部草堂诗笺》）"子美不见知
于上，愈穷而愈工"揭示杜甫在诗歌创作上之所以取得巨大成
就的原因，与欧阳修"诗穷而后工"（《〈梅圣俞诗集〉序》）的
观点是一致的。

王安石有《〈老杜诗后集〉序》，文中明确表示喜爱杜诗，
并且说明了其中原因："予考古之诗，尤爱杜甫氏作者，其辞所

从出，一莫知穷极，而病未能学也。"同时他又特别指出杜诗的特殊成就："然每一篇出，自然人知非人之所能为，而为之者，唯其甫也，辄能辨之。……观之，予知非人之所能为，而为之实甫者，其文与意之著也。然甫之诗其完见于今者，自予得之。世之学者，至乎甫而后为诗，不能至，要之不知诗焉尔。呜呼，诗其难唯有甫哉！"（《四部丛刊初编》影印明嘉靖抚州刻本《临川先生文集》卷八四）"非人之所能为，而为之者，唯其甫也"一句认为杜诗达到了超人的境界。

蒲宗孟有《唐杜工部〈夔州诗〉序》，对杜诗的情感内容做了阐述："呜呼！天不爱惜此老，乃令流落来此，兵乱之际，浮游飘泊，转徙不一，故其诗多忧伤悲愤之词，然未尝不主忠义也。"同时又对其艺术风格进行概括，并且揭示其诗的渊源："淳深缓切，哀抑遒壮，《骚》《雅》以后，无此诗矣，其《三百篇》之苗裔欤！"（宋庆元三年书隐斋刻本《新刊国朝二百家名贤文粹》卷一六〇）该句点明杜诗与《诗经》的源流关系。

王得臣有《〈增注杜工部诗集〉序》，一方面阐述杜诗的风格特色以及地位和影响："逮至子美之诗，周情孔思，千汇万状，茹古含今，无有涯涘；森严昭焕，若在武库，见戈戟布列，荡人耳目。非特意语天出，尤工于用字，故卓然为一代冠，而历世千百，脍炙人口。……韩退之谓'光焰万丈长'，而世号'诗史'，信哉！"另一方面他也指出其深奥，不易读懂："予每读其文，窃苦其难晓。如《义鹘行》'巨颡拆老拳'之句，刘梦得初亦疑之。后览《石勒传》，方知其所自出。盖其引物连类，捁摭前事，往往而是。"

吕大防有《杜工部、韩文公〈年谱〉后记》，首先揭示杜诗的内容特征："予苦韩文、杜诗之多误，既雠正之，又各为《年谱》，以次第其出处之岁月，而略见其为文之时，则其歌时伤世、幽忧切叹之意，粲然可观。"其要点是"歌时伤世、幽忧切叹"八个字。同时又指出了杜甫之诗在不同时期的不同特征："又得以考其辞力，少而锐，壮而健，老而严，非妙于文章不足以至此。"（粤雅堂丛书二编《韩吏部文公集年谱》）该句说明杜诗也有一个不断成熟的过程。

吕昌彦有《杜子美〈白水诗〉后记》，指出杜甫诗在唐代诗歌中的地位："唐之诗，世以子美专雄，未有及之者。"并且说明了其中的原因是"其气语豪迈壮浪，渊浩闳达，句成笔墨之外而不可追也"（台湾新文丰出版公司石刻史料新编本《金石续编》卷一六）。

孔武仲有《书杜子美〈哀江头〉后》，虽然是从杜甫的一首诗切入，但实际上是以点代面，以少总多，一方面揭示杜诗在唐代的历史地位："余尝评之，自晋、宋以来，诗人气质萎敝，而风雅几绝。至唐之诸公磨洗光耀，与时争出，凡百余年，而后子美杰然自振于开元、天宝之间。"另一方面他又指出其诗的内容特征："大抵哀元元之穷，愤盗贼之横，褒善贬恶，尊君卑臣，不琢不磨，暗与经会，盖亦骚人之伦，而风雅之亚也。"

此外，他也以杜甫为例，说明诗人之诗穷而后工的道理："既而中原用兵，更涉患难，身愈困苦，而其诗益工。"（豫章丛书本《宗伯集》卷一六）

李纲关于杜甫的题跋有两条，其一为《书杜子美〈魏将军歌〉赠王周士》："余趣宁江谪所，取道湘潭，王周士出高丽纸求书。时金寇再犯阙将半年，未解，余闻召命，将纠义旅以援王室，万一不捷，当遂以死报国矣。周士未果行，而许为之继，因书杜子美此篇遗之，以激其气云。"（文渊阁《四库全书》本《梁溪集》卷一六二）他用杜诗激励士气。其二为《重校正〈杜子美集〉序》，阐述杜诗的地位，揭示杜诗的情感与内容特征："杜子美诗，古今绝唱也。……盖自天宝太平全盛之时，迄于至德、大历干戈乱离之际，子美之诗凡千四百三十余篇，其忠义气节、羁旅艰难、悲愤无聊一见于诗，句法理致老而益精。"与众不同的是，他结合自己的亲身经历，谈读杜诗的体会："时平读之，未见其工；迨亲更兵火丧乱之后，诵其辞如生乎其时，犁然有当于人心，然后知其语之妙也……"（文渊阁《四库全书》本《梁溪集》卷一三八）这一点非经战火烽烟者不能道。

郑印是《杜工部诗》的编辑者，他在书前的序中，着重谈了自己读杜诗的体会和感受："读少陵诗，如驰骛晋、楚之郊，以言其高，则邓林千岩，梗楠杞梓，扶疏摩云；以言其深，则溟波万顷，蛟龙鼋鼍，徜徉排空。拭眦极目，方且心骇神悸，莫知所以。若其甄别名状，实难为功。韩退之推其'光焰万丈长'，殆谓是矣。"当然，他也指出当时读杜、学杜的弊端："国家追复祖宗成宪，学者以声律相饬，少陵矩范，尤为时尚。于其淹贯群书，比类赋象，浑涵天成，奇文险句，厌人目力，读者未始不以搜寻训切为病。"（《四部丛刊初编》影印南海潘氏藏宋书《分门集注杜工部诗》）其突出问题是过于讲究"搜寻训切"。

除了推尊李白、杜甫的倾向之外，北宋时期的唐诗序跋还对初唐、盛唐、中唐、晚唐各个时期的诗人有所评价，且不乏精彩之论，其中特别值得注意的是苏轼，他关于李白、杜甫之外其他唐代诗人的序跋有 37 篇，涉及几十位唐代诗人。其中比较精彩的是关于王维、柳宗元、韩愈等人的序跋。

苏轼有《题柳子厚诗》，文中说："诗须要有为而作，用事当以故为新，以俗为雅。好奇务新，乃诗之病。柳子厚晚年诗，极似陶渊明，知诗病者也。"（明万历间茅维编刻《苏文忠公全集》卷六七）他指出作诗的基本原则是"有为而作"，不为空言；用典的基本原则是"以故为新，以俗为雅"，反对"好奇务新"，认为这是"诗病"。基于这样的观点评价柳宗元之诗，肯定其"知诗病"，其实也说明其诗是有为而作，在用典方面有"以故为新，以俗为雅"的艺术特点。这两条原则的提出，及其对柳宗元诗歌的评价都很精彩，被视为经典之论。再如其《评韩柳诗》，采取比较之法，评价两家诗："柳子厚诗在陶渊明下，韦苏州上。退之豪放奇险则过之，而温丽清深不及也。所贵乎枯淡者，谓其外枯而中膏，似淡而实美，渊明、子厚之流是也。若中边皆枯淡，亦何足道！佛云：'如人食蜜，中边皆甜。'人食五味，知其甘苦者皆是，能分别其中边者，百无一二也。"（明万历间茅维编刻《苏文忠公全集》卷六七）其中对柳宗元诗的定位相当准确，而对韩、柳诗的比较分析也抓住了要点，概括准确，分析深刻。再如《书唐太宗诗》，文中说："唐太宗作诗至多，亦有徐、庾风气，而世不传，独于《初学记》时时见之。"（明万历间茅维编刻《苏文忠公全集》卷六七）虽然是三言两语，但是确实抓住了要害。唐贞观十八年（644），散骑常侍刘洎在给太宗的上书中说："陛下……暂屏机务，即寓雕虫。纡宝思于天文，则长河韬映；摛玉字于仙札，则流霞成彩。固以锱铢万代，冠冕百王；屈宋不足以升堂，钟张何阶于入室。"（《贞观政要·尊敬师傅》）《新唐书·文艺传序》中也说："高祖、太宗，大难始夷，沿江左余风，绮句绘章，揣合低卬。"事实证明唐太宗作诗有徐、庾风气是准确、客观的。其他如《书黄子思诗集后》，兼论书法与诗歌，并且以书比诗："予尝论书，以谓钟、王之迹，萧散简远，妙在笔画之外。至唐颜、柳，始集古今笔法而尽发之，极书之变，天下翕然以为宗师，而钟、王之法益微。至于诗亦然。苏、李之天成，曹、刘之自得，陶、谢之超然，盖亦至矣。而李太白、杜子美以英玮绝世之姿，凌跨百代，古今诗人尽废，然魏晋以来，高风绝尘，亦少衰矣。李、杜之后，诗人继作，虽间有远韵，而才不逮意。独韦应物、柳宗元发纤秾于简古，寄至味于淡泊，非余子所及也。唐末司空图，崎岖兵乱之间，而诗文高雅，犹有承平之遗风。其论诗曰：梅止于酸，盐止于咸，饮食不可无盐梅，而其美常在咸酸之外。盖自列其诗之有得于文字之表者二十四韵，恨当时不识其妙，予三复其言而悲之。"（《四库全书》本《东坡全集》卷九三）文中以钟繇、王羲之比附苏、李、曹、刘、陶、谢，以颜、柳比附李、杜，新颖别致，鲜明深刻。其中将韦应物、柳宗元的诗歌创作概括为"发纤秾于简古，寄至味于淡泊"，尤为精当确切。

当然，在苏轼关于唐诗的序跋中，最精彩的当数其《书摩诘蓝田烟雨图》中对王维诗与画的评价："味摩诘之诗，诗中有画；观摩诘之画，画中有诗。"（明万历间茅维编刻《苏文忠公全集》卷六七）该句精确把握了王维诗与画的艺术特征，千百年来被视为评价王维诗与画的经典之论。

苏轼之外，黄庭坚关于李、杜之外其他唐代诗人的序跋也时有精彩的见解，如《跋书柳子厚诗》："予友生王观复作诗有古人态度，虽气格已超俗，但未能从容中玉佩之音，左准绳、右规矩尔。意者读书未破万卷，观古人之文章，未能尽得其规摹及所总览笼络，但知玩其山龙黼黻成章耶？"（清光绪二十年义宁州署重刻本《山谷全书·正集》卷二五）他指出当时人作诗方面的缺点，主要是没有把握好准绳和规矩，其中原因一是读书不够，二是师古不够，没有"尽得其规摹及所总览笼络"，即没有把握古人诗之神髓，只得其皮毛。其论切中时弊，相当深刻。再如其《跋刘梦得〈竹枝歌〉》："刘梦得《竹枝》九章，词意高妙，元和间诚可以独步。道风俗而不俚，追古昔而不愧，比之杜子美《夔州歌》，所谓同工而异曲也。昔东坡尝闻余咏第一篇，叹曰：'此奔轶绝尘，不可追也。'"（清光绪二十年义宁州署重刻本《山谷全书·正集》卷二五）文章就刘禹锡的《竹枝》九章置论，抓住了"词意高妙""道风俗而不俚，追古昔而不愧"的主要特点，表现出非凡的眼力。其他如《书韩文公〈岣嵝山〉诗后》一文，从韩愈《岣嵝山》一诗入手："韩退之作此诗与《华山女》《桃源图》，三篇同体，古诗未有此作。虽杜子美兼备众体，亦无此作。可谓能诗人中千人之英也。"（清光绪二十年义宁州署重刻本《山谷全书·正集》卷二三）文章充分肯定韩愈三首诗的独创性成就，并且推崇韩愈为"能诗人中千人之英"，评价颇高。

苏、黄两位大家之外，一些人在诗学上本来不太著名，但是其有关唐诗的序跋也有可观之处。如张洎的《〈张司业诗集〉序》："公为古风最善。自李、杜之后，风雅道丧，继其美者，唯公一人。故白太傅读公集曰：'张公何为者，业文三十春。尤工乐府词，举代少其伦。'又姚秘监尝读公诗云：'妙绝江南曲，凄凉怨女词。古风无手敌，新语是人知。'其为当时文士推服也如此。"（《四部丛刊初编》本《张司业诗集》卷首）他评价张籍之诗，首先指出其"古风最善"，然后肯定其地位："自李、杜之后，风雅道丧，继其美者，唯公一人。"其评价和定位都比较准确。再如吕南公之《〈韦苏州集〉序》："初余未读韩退之、杜子美集时，适读薛许昌、郑守愚诗，而尝读韩、杜者以余为笑，谓其读之卑也。方是时，余遭笑骇，且自恨不识夫读之入于高者，奚独人能而我顽莫入者何故？其后，余年二十三，始能读昌黎文，又明年亦读少陵诗矣。而间以论于人，则莫余明也。时又自悲，以为余真用愚见外于人哉？则又疾焉以求。异时更读孟东野、王摩诘、张文昌、李太白等诗，乃至泛读沈、宋以来至于晚唐诗人集本焉。人虽渐不笑吾卑，然往往怪之，以为是无益于进取者，何必困眼。最后读《松陵唱和编》，则复见笑于人。余于是而洒然损愚之悲，亦不复论，知昔之笑者未必识其卑，而今之笑者未必在于高，其怪者亦不足问也。夫入宫者自坂而门，自门而屏，自屏而庭而庑而阶，然后堂奥可至。今不容薛、郑，又笑皮、陆，而特喧然称韩、杜之高，此何以异于不涉门庭而已至堂奥者耶？谅非鬼物，恐不能至也。未之至而哑以为言，岂能得其所以言乎哉？甚矣！人之不足尤也。所见之不明，而务因称传之显晦，以定论学之高卑，其亦不思而已矣，安能笑人！"（《四库全书》珍本初集本《灌园集》卷七）他通过自己学习唐人诗的切身体验，说明师法古人是一个循序渐进的过程，不是一蹴而就的，对今人学诗特别有启发性。其他如黄裳《陈商老诗集序》："读杜甫诗，如看羲之法帖，备众体而求之，无所不有。大几乎，有诗之道者！自余诸子，各就其所长，取名于世。故工于书者必言羲之，工于诗者必取杜甫，盖彼无所不有，则感之者各中其所好故也。然使诸子才之靡丽者不至于元稹，率易者不至于居易，新奇飘逸者不至于李白，寒苦者不至于孟郊，谲怪奇迈者不至于贺、牧、商隐辈，亦无足取者，安能得名于世哉？故无诸子则不知有杜，无杜则亦不知诸子，各有得焉。"（《四库全书》珍本初集本《演山集》卷二一）他以杜甫比王羲之，"诗圣"与"书圣"并举，说明杜甫诗歌的历史地位；同时又对李白、元稹、白居易、孟郊、李贺、李商隐等著名诗人的创作风格进行概括，见解自有其独特之处，颇有参考价值。

以上是对北宋文士关于唐代单个诗人或者唐人别集序跋的介绍和分析，其实，北宋时期关于唐诗总集的序跋也有一定数量，其中有相当一部分具有很高的理论价值。

根据初步统计，北宋时期关于唐诗总集的序跋不多，所涉及的诗人也不多，但是也有不能忽视的成就。如王禹偁《〈放言〉诗小序》评价元、白二人诗："元、白谪官，皆有《放言》诗著于编集，盖骚人之道味也。予虽才不侔于古人，而谪官同矣。因作诗五章，章八句，题为《放言》云。"（北京大学出版社 1991 年版《全宋诗》卷六四）再如滕宗谅的《〈岳阳楼诗集〉序》评价苏源明、令狐楚等几个人的作品。其他如欧阳修的《唐〈神女庙诗〉跋》评价的是李吉甫、丘玄素、李贻孙、敬骞等人的作品，《唐薛苹〈唱和诗〉跋》涉及冯宿、冯定、李绅、灵澈、薛苹几个人的诗歌创作，虽然规模有限，涉及的诗人又多不是一流，但是对我们认识和评价这些诗人及其作品还是具有一定的启发意义的。

综观北宋时期关于唐诗总集的序跋，影响比较大的是王安石的《〈唐百家诗选〉序》及其相关序跋。

北宋王安石编选《唐百家诗选》，是北宋前期大型唐诗选本。王安石本人在其《〈唐百家诗选〉序》中有曰："余与宋次道同为三司判官，时次道出其家藏唐诗百余编，诿余择其精者，次道因名曰：《百家诗选》。废日力于此，良可悔也。虽然，欲知唐诗者观此足矣。"（上海涵芬楼仿古活字印本《唐百家诗选》卷首）这一选本共20卷，选唐诗人104家，诗1200余首，按年代顺序编排。其中选王建诗最多，有92首，皇甫冉85首，岑参81首，高适71首。此外，选韩偓59首，戴叔伦47首，杨巨源46首，李涉37首，卢纶36首，孟浩然33首，许浑32首，吴融27首，薛能26首，司空曙、雍陶各25首，李颀24首，贾岛、王昌龄各23首，储光羲、郎士元各21首，李频19首，李郢18首，羊士谔、刘言史各17首，戎昱16首，曹松14首，长孙佐辅、卢仝、张祜各13首，李嘉祐、项斯、崔鲁各12首，卢象10首，其余人不满10首。很明显，书中所选入的多数是中晚唐诗人的诗作。王安石本人颇为自信，认为"欲知唐诗者观此足矣"。但是该选本不但不收王维、白居易、韩愈、刘禹锡、韦应物等诸位名家的诗作，而且竟然连李白、杜甫两位的诗作都未选入，引起了后人无数的猜测。当然，在北宋时期，还是有人推崇此书，如杨蟠《王荆公〈唐百家诗选〉序》："丞相荆国王公，道德文章天下之师，于诗尤极其工。虽婴以万务而未尝忘之，是知诗之为道也，亦已大矣。公自历代而下无不考正，于唐选百家，特录其警篇，而杜、韩、李所不与，盖有微旨焉。"他指出王安石此选重点在于唐诗中的"警篇"，并且说此书不选李白、杜甫、韩愈"盖有微旨焉"，什么"微旨"，没有说清楚。从唐诗学史上看，关于王安石《唐百家诗选》及其《序》，在北宋时期的序跋中还没有引起激烈的争论，但是到了南宋时期则争论颇多，反响较大，关于这一点下文自然论及，此处先不赘述。

二

南宋时期，根据初步统计，有关唐诗的序跋有154篇左右，规模和范围一点也不次于北宋，其主要倾向也没有多大变化，还是以尊崇李白、杜甫为主流，其中关于李白的序跋有10篇左右，关于杜甫的更多，有24篇。

在序跋中尊崇李白的，主要是周必大、朱熹、刘克庄、江万里、释契嵩、钱公辅、戴觉民、黄定等人，他们分别从不同的层面、不同的角度，对李白其人、其诗进行评价，其成果是研究李白的重要资料。

　　周必大有《记李太白〈庐山诗〉》和《跋山谷草书太白诗》两篇文章,《跋山谷草书太白诗》高度概括李白诗歌的风格:"南丰谌氏收山谷草书太白《歌行》一卷,殆中年笔也。予家藏数卷亦太白诗,盖非谪仙妙语不足发龙蛇飞动之势耳。"(清道光二十八年欧阳棨瀛塘别墅刊、咸丰元年续刊《庐陵周益国文忠公集》本之《平园续稿》卷八)"非谪仙妙语不足发龙蛇飞动之势"既概括了李白诗歌的风格特征,又揭示了黄庭坚书法的艺术特征,识见不凡。

　　朱熹关于李白的题跋有两种,即《跋东坡书李杜诸公诗》与《题李太白诗》,后一种特别值得关注,此文推崇李白之诗曰:"'世道日交丧,浇风变淳原。不求桂树枝,反栖恶木根。所以桃李树,吐华竟不言。大运有兴没,群动若飞奔。归来广成子,去入无穷门。'林光之携陈光泽所藏广成子画像来看,偶记李太白此诗,因写以示之。今人舍命作诗,开口便说李、杜,以此观之,何曾梦见他脚板耶?"(明嘉靖十一年张大轮、胡岳刻本《晦庵先生朱文公文集》卷八四)他一方面揭示出当时推尊李白、杜甫的诗坛风气,另一方面也充分肯定李、杜二人的诗学地位,认为其高不可及。

　　刘克庄有《跋〈李翰林集〉》,主要谈李白子女问题:"按元和十二年,宣池观察使范传正作《太白新墓碑》云:'公一子名伯禽,以贞元八年卒,生无官。传正访其后,欲申慰荐,凡三四年乃获公孙女二人。搜于箧中,得伯禽手疏十数行,纸坏字缺，不能详备。'向非传正新碑，则并伯禽与草木俱腐。二女一嫁陈云，一嫁陈劝。传正于谪仙之后卷卷如此。余详古人名子莫不有义，如明月奴、颇黎之类，只是小字，太白非不能名子者，当更考。"（《四部丛刊初编》本《后村先生大全集》卷一一一）

江万里有《〈李翰林集〉序》，主要感叹李白之诗"漫灭弃毁"："当涂独以太白故见称，学有祠，墓有祭文，有亭曰脱靴，无不可以想见其人。及问其诗集，乃无有，盖漫灭弃毁久矣。后来文字亦有当涂不必刻者，而白集不见刻，岂非恨也。岂士大夫察其名者实亦有所未至，将由学道者众，无所事乎此也？"（上海古籍出版社 1980 年标点本《李太白集校注》附录三）

释契嵩《书〈李翰林集〉后》一文，对李白其诗其人做了比较全面的评价。首先，文章揭示了李白诗歌的主旨："余读《李翰林集》，见其乐府诗百余篇，其意尊国家，正人伦，卓然有周诗之风，非徒吟咏情性、咄呕苟自适而已。"他认为李白诗主旨是"尊国家，正人伦"，继承了《诗经》的传统；同时又以李白的具体作品为例，分析其思想倾向："白当唐有天下第五世时，天子意甚声色，庶政稍解，奸邪辈得入，窃弄大柄。会禄山贼兵犯阙，而明皇幸蜀，白闵天子失守，轻弃宗庙，故作《远别离》以刺之。至于作《蜀道难》以刺诸侯之强横，作《梁甫吟》伤怀忠而不见用，作《天马歌》哀弃贤才而不录其功，作《行路难》恶谗而不得尽其臣节，作《猛虎行》愤胡虏乱夏而思安王室；作《阳春歌》以诫淫乐不节；作《乌栖曲》以刺好色不好德；作《战城南》以刺穷兵不休。如此者不可悉说。及放去，犹作《秋浦吟》（一名《东甫吟》）。冀悟人主。意不果望，终弃于江湖间，遂纡余轻世，剧饮大醉，寓意于道士法，故其游览赠送诸诗杂以神仙之说。"（《四部丛刊三编》影印明弘治刻本《镡津文集》卷一六）这说明李白之诗虽继承了《诗经》的美刺传统，具有讽谏意义，但可惜没有被当政者采纳。此外，文章还由李白之诗切入，进而论其人："夫性之所作，志之所之，小人则以言，君子则以诗。由言、诗以求其志，则君子小人可以尽之。若白之诗也如是，而其性之与志岂小贤哉！脱当时始终其人，尽其才而用之，使立功业，安知其果不能也？"（《四部丛刊三编》影印明弘治刻本《镡津文集》卷一六）他认定李白为正人君子，遗憾的是没有尽其才。文章最后从艺术层面对李白的诗歌进行评价："迩世说李白清才逸气，但谪仙人耳，此岂必然耶？观其诗，体势才思如山耸海振，巍巍浩浩，不可穷极，苟当时得预圣人之删，可参二《雅》，宜与《国风》传之于无穷，而《离骚》《子虚》不足相比。"（《四部丛刊三编》影印明弘治刻本《镡津文集》卷一六）他概括了李白诗歌的风格特征，确定其历史地位，认为李白之诗可以与《诗经》并驾，甚至超过屈原、司马相如的文学成就。

　　钱公辅《读李白文》一文也比较可观，文中一方面由其诗而论其人："他日怠不卧，且于藏书中得《太白集》，伏而读

之，恍然如听金石祝歌，而继之以笙竽琴瑟也。夫人日享太牢
而饫焉，必求珍羞百品而嗜之。非其轻太牢而重百品，理所然
也。太白之于学圣道者，其亦几于是乎！观其卷，初若《远别
离》《蜀道难》《胡无人》《战城南》之比，皆辞气抑扬，始怪骇
而终絜；语虽放荡逸伟，如骐骥勇怒、怒龙奋水之可畏，其不
也必造乎理，然后折而正之。非材雄性挺，包括仁义者，畴能
若是？惜哉！使彼数百篇皆与此类，则庶几推道可复，而后世
无郑节之蠹焉。"（宋庆元三年书隐斋刻本《新刊国朝二百家名
贤文粹》卷一九六）其中要点是对李白其人的整体评价，认为
他"材雄性挺，包括仁义"，观点与众不同；另一方面着重说明
其诗歌成就："昔夫子删《诗》，皆讽刺褒美、温丽粹雅之兼备，
而又能被于管弦者存之，其弗协是者去之。故其三百五篇，淳
淳然如和氏璧之在世，而人莫得指其瑕也。呜呼！太白之作，
不出于夫子之前，夫子之删，不当乎太白之后，吾安知太白之
为幸也！"（宋庆元三年书隐斋刻本《新刊国朝二百家名贤文
粹》卷一九六）文章由孔子删《诗》的标准出发，认为李白诗
符合孔子"讽刺褒美、温丽粹雅之兼备""又能被于管弦"的标
准，可惜李白生不逢时，其诗没有经过孔子删定。

　　戴觉民有《〈李翰林集〉跋》一文，主要介绍自己对李白诗
认识的转变过程："予一日与同舍刘辰翁会孟评诗，至太白……
或谓：'白虽天才，了不可庄语，少删之，其庶几乎。'会孟
曰：'不然。近年甫有此论，子美、退之所不敢闻也。诗患不深

于情，今人地称脱靴，脱靴直偶然，固不自以为高，高固不可及。彼无所择，自不害其超然耳。'予爱其言有理，因复识之。"（十万卷楼刊本《皕宋楼藏书志》卷六八）原来他对李白诗的价值认识不够，经过刘辰翁的点拨，转变了看法，认同刘辰翁关于李白诗"高固不可及"的论断。

黄定有《书〈李太白碑阴记〉》一文，重点评价李白其人："李太白狂士也，而尝失节于永王璘，此岂济世之人哉！而毕文简公以王佐期之，不亦过乎！曰：士固有大言而无实，虚名不适于用者，然不可以此料天下士。士以气为主。方高力士用事，公卿大夫争事之，而太白使脱靴殿上，固已气盖天下矣。使之得志，必不肯附权悻以取容，其肯从君于昏乎？夏侯湛赞东方生云：'开济明豁，包含宏大，陵轹卿相，嘲哂豪杰。笼罩靡前，殆藉贵势。出不休显，贱不忧戚。戏万乘若僚友，视俦列如草芥。雄节迈伦，高气盖世。可谓拔乎其萃，游方之外者也。'吾于太白亦云。"（宋庆元三年书隐斋刻本《新刊国朝二百家名贤文粹》卷一九六）文中认为评价李白不能以"有大言而无实，虚名不适于用"来判断，而应以气节为标准，由此认为李白与东方朔为同一类人，具备高尚的气节，具体表现是"开济明豁，包含宏大，陵轹卿相……戏万乘若僚友，视俦列如草芥"。黄定据此得出总体性的评价，认为李白与东方朔皆为"拔乎其萃，游方之外者也"。

总之，在南宋时期，推崇李白依然是诗坛上的重要景观。

与李白相比，杜甫在南宋时期受到的关注更多，推尊杜甫，并且有涉及其人其诗序跋者不下几十人，其中值得关注的是鲁訔、李石、陆游、朱熹、郭知达、董居谊、蔡梦弼、赵次公、曾噩、魏了翁、吕午、刘克庄、王琪、真德秀、孙德之、黄鹤、刘辰翁、李昴英、赵师古、谢枋得、文天祥等人的序跋。

通观南宋时期有关杜诗的序跋，关注特别多的是如何学杜的问题。如董居谊《〈黄氏补注杜诗〉序》："矧《诗》自风雅而下，唯工部为宗，其渊深浩博，后人莫窥涯涘，有谓工部胸中凡几国子监，又谓不行一万里，不读万卷书，不可以观杜诗。"（文渊阁《四库全书》本《黄氏补注杜诗》卷首）他强调博览群书是学杜、解杜的重要条件。赵次公《杜诗先后解》："余喜本朝孙觉莘老之说，谓'杜子美诗无两字无来处'。又王直方立之之说，谓'不行一万里，不读万卷书，不可看老杜诗'。因留功十年，注此诗。稍尽其诗，乃知非特两字如此耳，往往一字繁切，必有来处，皆从万卷中来。至其思致之貌，体格之多，非唯一时人所不能及，而古人亦有未到焉者。"他强调的也是多读书是学杜诗的必要条件。同时，他又专门分析："若论其所谓来处，则句中有字、有语、有势、有事，凡四种。两字而下为字，三字而上为语，拟似依倚为势，事则或专用、或借用、或直用、或翻用、或用其意，不在字语中。于专用之外，又有展用、有倒用、有抽摘掺和而用，则李善所谓'文虽出彼而意殊，不以文害'也。又至用方言之稳熟，用当日之事实者。又有用事之祖、有用事之孙。何谓祖？其始出者是也。何谓孙？虽事有祖出，而后人有先拈用或用之别有所主而变化不同，即为孙矣。杜公诗句皆有焉。世之注解者，谬引旁似，遗落佳处固多矣。至于只见后人重用、重说处，而不知本始，所谓无祖。其所经后人先捻用，并已变化，而但引祖出，是谓不知夫舍祖而取孙。又至于字语明熟混成，如自己出，则杜公所谓'水中着盐，不饮不知'者。盖言非读书之多，不能知觉，尤世之注解者弗悟也。"（上海古籍出版社版林继中《杜诗赵次公先后解辑校》卷首）简而言之，杜诗包含的学问太深，必须熟读经典，学问渊博才可以解读，才有条件学习。再有陆游的《杨梦锡集句杜诗序》，着重谈如何师古，特别是如何学杜的问题："文章要法，在得古作者之意。意既深远，非用力精到，则不能造也。前辈于《左氏传》《太史公书》、韩文、杜诗，皆熟读暗诵，虽支枕据鞍间，与对卷无异。久之，乃能超然自得。今后生用力有限，掩卷而起，已十亡三四，而望有得于古人，亦难矣。"（国家图书馆藏宋嘉定本《渭南文集》卷一五）其中特别强调学古、学杜必须"用力精到"，否则"不能造也"。其他如曾噩《〈九家集注杜诗〉序》有云："'读书破万卷，下笔如有神'，此杜少陵作诗之根柢也。"（《山右丛书》本《万卷精华楼藏书记》卷一〇五）曾噩认为杜甫书读万卷而后作诗，所以学习、解读杜甫之诗关键在于读书。还有真德秀《跋余干陈君集杜诗》有云："尹和靖论读书法，必欲耳顺心得，如诵己言。陈君之于杜诗，可谓耳顺心得矣。学者能用君此法以读吾圣人之经，则所谓取之左右逢其源者，不难到也。"（文渊阁《四库全书》本《西山文集》卷三六）此文说明学杜之法，要点在于"耳顺心得，如诵己言"。孙德之《题薛叔容所注杜诗后》有云："杜诗传于世者千四百篇，其浑涵窅妙，与造化侔，固未易以管窥蠡测也。古今集注无虑二百家，能究其旨归者盖鲜。前辈谓注杜诗当注其意之不明，而徒注其用事之所出，无益也。予谓先考其援据，而后可以得其意，未有不本于援据而自能得其意者也。蜀人赵次公、师尹二人，号能注诗之意者，然不失之穿凿，则失之泛滥，未能深惬人意。唯临川王希及子再世用力于此，亦如姚察、姚思廉之于梁、陈史也。观其年谱，载诗以年，考意随篇，解颇号详密。"（清道光四年翻明本《太白山斋遗稿》卷上）孙德之强调考据之学在读杜诗、解杜诗中的主要作用，即"先考其援据，而后可以得其意"。又如刘辰翁《题刘玉田选杜诗》有云："观诗各随所得，别自有用。因记往年福州登九日山，俯城中培塿不复辨，倚栏微讽杜句'泰山忽破碎，泾渭不可求'。时彗见求言，杨平舟栋以为蚩尤旗见，谓邪论，罢机政。偶与古心叹息我辈如此，古翁云：'适所诵两言者得之矣。'同是此语，本无交涉，而见闻各异，但觉问者会意更佳。用此可见杜诗之妙，亦可为读杜诗之法。从古断章而赋皆然，又未可訾为错会也。"（文渊阁《四库全书》本《须溪集》卷六）刘辰翁也是谈读杜诗之法，要点是"观诗各随所得"，即要靠自己心领神会，不能人云亦云。还有李昂英《吴莘门〈杜诗九发〉序》有云：
"草堂诗名辈商评尽矣，反覆备论为一书者盖鲜。莆田吴君泾思
覃句中，意索言外，寻音响，溯脉络，举纲目，工部胸襟气象，
模写曲尽，皆前人所未到。余味之隽永，深叹其用工之精。户
掾余君得稿维桑，捐金锓梓，盖深于杜诗者，谓是编不可无也。
足未万里途，不读万卷书，莫读杜诗，信哉！"（文渊阁《四库
全书》本《文溪集》卷三）他着重强调的也是要开阔视野，博
览群书，认为"足未万里途，不读万卷书，莫读杜诗"。

　　与此相关，也有很多序跋揭示当时学杜、解杜的弊端。如
刘克庄在《跋陈教授〈杜诗补注〉》云："郡博士陈君禹锡示余
《杜诗补注》，单字半句，必穿穴其所本，又善原杜诗之意，赵
注未善不苟同矣，旧注已善不轻废也。第诗人之意，或一时感
触，或信笔漫兴，世代既远，云过电灭，不容追诘。若字字引
出处，句句笺意义，殆类图象罔而雕虚空矣。"（《四部丛刊初
编》本《后村先生大全集》卷一〇〇）他着重说明《杜诗补注》
一书在解杜之时有穿凿附会之弊。刘克庄还有《再跋陈禹锡
〈杜诗补注〉》一文，谈的也是这类问题："学者多以先入为主，
童蒙时一字一句在胸臆，有终其身尊信之太过，胶执而不变者。
昔人温故，将以知新。如此观书，谓之温故可也，知新则未也。
顷年读禹锡《杜诗补注》，凡余意有所未喻而未及与君商榷者。
后十余年禹锡示余近本，视前编划削窜走十之七八，或尽改之。
偶有一新意，得一新义，则又改之而未已。人皆疑君之说新而

多变，余独贺君之学进而未止也。盖杜公歌咏不过唐事，他人引群书笺释，多不著题……"（《四部丛刊初编》本《后村先生大全集》卷一〇六）他指出当时解读中存在的"先入为主""胶执而不变""群书笺释，多不著题"等多种问题。其他如王琪在《〈杜工部集〉后记》云："近世学者，争言杜诗，爱之深者，至剽掠句语，追所用险字而模画之，沛然自以绝洪流而穷深源矣。又人人购其亡逸，多或百余篇，小数十句，藏弆矜大，复自以为有得。……嘉祐四年四月望日，姑苏郡守太原王琪后记。"（影印宋本《杜工部集》附）他指出当时学杜"剽掠句语"的问题。曾噩在《〈九家集注杜诗〉序》云："观杜诗者，诚不可无注。然注杜诗者数十家，乃有牵合附会，颇失诗意，甚至窃借东坡名字以行，勇于欺诞，夸博求异，挟伪乱真，此杜诗之罪人也。"（《山右丛书》本《万卷精华楼藏书记》卷一〇五）他指出当时的人学杜牵强附会，甚至窃借苏东坡之名欺世盗名，以及"挟伪乱真"等严重问题，批评这些人是"杜诗之罪人"。

除了这两个角度之外，还有很多人的序跋从其他多个角度、多个层面解杜、评杜。其中值得关注的是鲁訔、李石、朱熹、郭知达、蔡梦弼、魏了翁、吕午、叶适、程珌、黄鹤、刘辰翁、谢枋得、文天祥等人的序跋。

鲁訔是《编次杜工部诗》的编辑者，《〈编次杜工部诗〉序》着重说明如何解读杜诗的问题："骚人雅士，同知祖尚少陵，同欲模楷声韵，同苦其意律深严难读也。余谓少陵老人初不事艰涩左隐以病人，其平易处，有贱夫老妇所可道者。至其深纯宏远，千古不可追迹。其序事稳实，立意浑大，遇物为难状之景，纾情出不说之意，借古的确，感时深远。若江海浩漾，风云荡汩，蛟龙鼋鼍出没其间而变化莫测，风澄云霁，象纬回薄，错峙伟丽，细大无不可观。离而序之，次其先后，时危平，俗美恶，山川夷险，风物明晦，公之所寓，舒局皆可概见，如陪公杖屦而游四方，数百年间，犹有面语，何患于难读耶！名公巨儒，谱叙注释，是不一家，用意率过，异说如蜗。余因旧集略加编次，古诗近体，一其先后，摘诸家之善，有考于当时事实及地理、岁月，与古语之的然者，聊注其下。若其意律，乃诗之六经，神会意得，随人所到，不敢易而言之。叙次既伦，读之者如亲罹艰棘虎狼之惨，为可惊愕；目见当时畎庶，被削刻，转涂炭，为可悯。因感公之流徙，始而适，中而瘁，卒至于为少年辈侮忽以讫死，为可伤也。"（《古逸丛书》本《杜工部草堂诗笺·传序碑铭》）文中首先揭示出当时人解读杜诗的状况是"同苦其意律深严难读也"，同时对杜诗的艺术特点进行分析，认为杜诗既有"平易处，有贱夫老妇所可道者"，又有"深纯宏远，千古不可追迹"者，然后提出自己的解决办法是"离而序之，次其先后，时危平，俗美恶，山川夷险，风物明晦，公之所寓，舒局皆可概见，如陪公杖屦而游四方，数百年间，犹有面语，何患于难读耶"。其实就是依照历史的时间顺序考察杜甫的人生经历，深入了解当时的社会状况，特别是杜甫的坎坷遭遇，按照知人论世的方式进行解读。最后说明了《编次杜工部诗》一书的编辑动机和编辑体例、方式，重点是"因旧集略加编次，古诗近体，一其先后，摘诸家之善，有考于当时事实及地理、岁月，与古语之的然者，聊注其下"。

李石的《何南仲〈分类杜诗〉叙》褒贬分明："雅道不复作，至于子美、太白，天下无异议，退之晚尤知敬而仰之。唐人多工巧，退之以为余事，其有取于李、杜者，雅道之在故也。近世杨大年尚西昆体，主李义山句法，往往摘子美之短而陋之，曰村夫子语，人亦莫或信。何者？子美诗固多变，其变者必有说，善说诗者固不患其变而患其不合于理。理苟在焉，虽其变无害也。《诗》记十五国之风，而吾夫子取其不齐者而齐之，上而王公大夫，下而庸散仆隶，上而性命道德，下而淫佚流荡，此岂可一说尽之哉？"（文渊阁《四库全书》本《方舟集》卷一○）他一方面推崇李白、杜甫，另一方面批评以杨亿为代表的西昆派对杜甫的错误评价。

朱熹有关杜诗的题跋有三种，即《跋杜工部〈同谷七歌〉》《跋蔡端明写老杜〈前出塞〉诗》《跋章国华所集注杜诗》。其中特别值得关注的是《跋杜工部〈同谷七歌〉》，该文对杜甫的《同谷七歌》有肯定，有批评："杜陵此歌豪宕奇崛，诗流少及之者。顾其卒章叹老嗟卑，则志亦陋矣，人可以不闻道哉！"（明嘉靖十一年张大轮、胡岳刻本《晦庵先生朱文公文集》卷八四）他肯定的是这组诗"豪宕奇崛"，他人难以企及；批评的是该组诗"卒章叹老嗟卑""志亦陋矣"。

郭知达是《九家集注杜诗》一书的编辑者，其《〈九家集注杜诗〉序》重点说明的是该书的编辑问题，文章首先介绍各家杜甫诗集存在的问题："杜少陵诗世号诗史，自笺注杂出，是非异同，多所抵牾。至有好事者，掇其章句，穿凿附会，设为事实，托名东坡，刊镂以行，欺世售伪，有识之士所为深叹。"（中华书局1981年影印南宋宝庆元年曾噩刻本《新刊校定集注杜诗》卷首）其中主要的问题是"是非异同，多所抵牾。至有好事者，掇其章句，穿凿附会，设为事实，托名东坡，刊镂以行，欺世售伪"。然后介绍本书的编辑过程、体例、方法等："因辑善本，得王文公、宋景文公、豫章先生、王原叔、薛梦符、杜时可、鲍文虎、师民瞻、赵彦材凡九家，属二三士友各随是非而取之。如假托名氏，撰造事实，皆删削不载。精其雠校，正其讹舛，大书镂板，置之郡斋，以公其传，庶几便于观览，绝去疑误。"（中华书局1981年影印南宋宝庆元年曾噩刻本《新刊校定集注杜诗》卷首）其主要方式是对王得臣、邓忠臣、薛梦符、杜田、鲍彪、师民瞻、赵彦材等七家注杜文献进行筛选和删削，适当吸收，又选取了黄庭坚、苏轼、胡仔、王深父、范元实等五家杜诗评论。同时，郭知达又加进了自己的注释，并且在辑佚的基础之上进行校勘。所以，后人评价此书"别裁有法"（《四库全书总目提要》）。

蔡梦弼有《杜工部草堂诗笺跋》一义，重点评价杜甫在诗史上的地位："少陵先生博极群书，驰骋今古，周行万里，观览讴谣，发为歌诗，奋乎《国风》《雅》《颂》不作之后，比兴相侔，哀乐交贯。揄扬叙述，妙达乎真机；美刺箴规，该具乎众体。自唐迄今，余五百年，为诗学之宗师，家传而人诵之。故元微之志其墓曰：'诗人以来，未有如子美者。'信斯言矣！"（《古逸丛书》本《杜工部草堂诗笺》卷末）他认为杜甫为由唐至宋五百年来的诗学宗师，并且揭示杜甫诗歌取得如此成就的基本原因：博览群书，沟通古今，周行万里，并且继承了《诗经》的传统。

魏了翁专门评价杜甫的序跋有两篇，一为《侯氏〈少陵诗注〉序》，二为《跋程正伯家所藏山谷书杜少陵诗帖》。比较可观的是前一篇他写道："黄公鲁直尝谓子美诗妙处乃在无意之意。夫无意而意已至，非广之以《国风》《雅》《颂》，深之以《离骚》《九歌》，安能咀嚼其意味，闯然入其门邪！故使后生辈自求之则得之深矣。予每谓知子美诗莫如鲁直，盖子美负抱瑰特而生不逢世，仅以诗文陶写情性，非若词人才士媲青配白以为工者，往往辨方域、书土实而居者有不尽知；讥时政，品人物，而主人习其读不能察。盖鲁直所谓闯乎《骚》《雅》者为得之，而诗史不足以言之也。"（《四部丛刊初编》影印宋刻本《重校鹤山先生大全文集》卷五五）这是关于杜诗评价的再评价，主要是肯定黄庭坚关于杜诗"妙处"的评价，认同黄氏"子美诗妙处乃在无意之意"的观点，角度不同于其他人。另外，他还有《程氏〈东坡诗谱〉序》一文，虽然不是专门评价杜甫诗，但是其中有一段话特别值得注意："杜少陵所为号诗史者，以其不特模写物象，凡一代兴替之变寓焉。"（《四部丛刊初编》影印宋刻本《重校鹤山先生大全文集》卷五一）这是对杜诗"诗史"一说做出的阐释，虽然只是几句话，却很深刻。

吕午有《书题紫芝编唐诗》一文，先描述当时人推尊杜诗的状况，并且肯定杜甫在诗史上的地位："唐诗唯杜工部号集大成，自我朝数巨公发明之，后学咸知宗师，如车指南，罔迷所向也。近岁赵紫芝诸人更于杜诗外搜掇唐诸家古律，传习吟哦，词调清婉，读之令人心醉，多弃其学学焉。剑佩相讥，往往由是。"他对学杜的状况有所批评："予谓工部日月也，诸家景星庆云也。为文于天下，不可一阙也。"（国家图书馆藏清抄本《竹坡类稿》）他认为学唐诗不可只学杜甫一家，还应该兼学其他，二者"不可一阙"。

叶适有两篇文章，虽然不是专门论述杜诗，但是其中包含这方面的内容，而且颇有见地。一为《徐斯远文集序》，他写道："庆历、嘉祐以来，天下以杜甫为师，始黜唐人之学，而江西宗派章焉。然而格有高下，技有工拙，趣有浅深，材有大小。以夫汗漫广莫，徒枵然从之而不足充其所求，曾不如腒鸣吻决，出豪芒之奇，可以运转而无极也。故近岁学者，已复稍趋于唐而有获焉。"（中华书局版《叶适集·水心文集》卷一二）叶适指出"江西诗派"专门学习杜甫的弊端，认为应该根据格之高下，技之工拙，趣之浅深，材之大小，从作者自己的实际出发，学习唐诗，所以对"近岁学者，已复稍趋于唐"的学习方式表示赞赏。一为《松庐集序》，其中有评价杜诗的内容："杜甫《送杨六判官使西蕃诗》，直下无冒子，始末只一意，贯枯刻绝，皮革皆尽，而语出卓特，非常情可测。由文人家并论，则刘向所谓'太史公辨而不华，质而不俚'者也。虽子美无诗不工，要其完重成就，不以巧拙分节奏如此篇者，自为少尔。"（中华书局版《叶适集·水心文集》卷一二）其中借刘向评价司马迁之语"辨而不华，质而不俚"评价杜诗，尤为精到。

程珌有《曹少监诗序》，其中包括对杜诗的评价："诗难言也，自洙泗圣人既删之后，唯唐杜工部实擅其全。垂今千年，炳炳一日，凡当时号为隽逸清新，奇古平淡，专美一家者，至是皆声销芳歇矣。盖少陵少年献赋，固自不凡，加以往来梓潼山谷凡十余年，涉深患，行道熟，则其所养可知矣。人谓诗人穷而后工，工何足言哉！人而至于穷，则于道益深耳。"（明嘉靖三十五年程元刻《程端明公洺水集》卷一二）他在肯定杜甫诗集大成的同时，还强调杜甫不仅是穷而后工诗，而且是穷而后"道益深"，比其他人认为杜甫穷而后工诗更进一步。

黄鹤有《补千家集注杜工部诗史后序》，文章开篇先说明其继承父亲遗志，补注杜诗："鹤先君未第时，酷嗜杜诗，颇恨旧注多遗舛，尝补缉，未竟而逝。又欲考所作岁月于逐篇下，终不果运力，未必不赍恨泉下也。鹤不肖，常恐无以酬先志，乃取椠本集注，以遗稿为之正定。凡经据引者不复重出，又辄益以所闻，于是稍盈卷帙。每诗再加考订，或因人以核其时，或搜地以校其迹，或摘句以辨其事，或即物以求其意。所谓千四百余篇者，虽不敢谓尽知其详，亦庶几十得七八矣。吕汲公年谱既失之略，而蔡、鲁二谱亦多疏卤，遂更为一谱，以继于后。"后谈杜甫为人及其秉性："先生积著诚多，而不幸不偶，此不足论。独尝谓至成都未几，裴冀公还朝，继帅者李国桢、崔光远、郭英义，自宜与之弗合，顾与高适定交最早，相知最深，其为西川节度，先生何以翻然舍之而东，曾不如依严武之为密且久？蜀人师氏以《贫交行》为武作，今疑为适而作也。以此知先生赋性特刚，少不如意，则不能曲徇苟合，故不为当时所容，身后又复丑以牛酒之事。曾不知果以饫溺，尚能为令赋诗，且事游憩乎？耒阳之坟岂非宗文早世，先生所谓瘗夭者，而后世附会，滋为人惑。"（文渊阁《四库全书》本《补注杜诗·年谱辨疑》卷末）应该说，此序内容比较丰富，对了解杜甫其诗、其人颇有帮助。

刘辰翁有关杜甫的专门序跋有《题宋同野编杜诗》一文："杜子美年四十五自鄜陷贼半年，明年自拔，取拾遗，扈从还京。又明年，始外补。又明年，始弃官入秦。自是流落辗转，凡三迁，所遇识不识相劳苦。所居间得故人为地主，起家赞戎事，斧斤多助。种艺果树，广者四十亩，东屯又有稻可收。当时朝廷虽乱，道路无壅，雄藩宾客之盛自若。公以三朝遗老，负海内诗名，游三川，如锦城，下洞庭，意气浩然，江湖胜境，楼台高会，长歌短赋，倾晤宾主，避地如此，实亦与纵观何异。子美古今穷人，而仓卒患难，所遇犹若此。予非以其穷为可愿，所遇为可羡也，以子美为可愿可羡，则所遭又可知也。"（文渊阁《四库全书》本《须溪集》卷六）文中着重谈杜甫的生活遭遇与其诗歌创作之关系，认为其坎坷经历于人虽然不幸，而于诗则万幸，内含诗人穷而后工诗的道理。此外，刘辰翁还有《语罗履泰》一文，表面上看不是专门的杜诗序跋，但是其实质内容却是谈杜诗的，主要是告诉罗履泰如何理解杜甫的《戏为六绝句》的问题，文中说："杜诗'不及前人更勿疑，递相祖述竟先谁。别裁伪体亲风雅，转益多师是汝师'。此杜示后人以学诗之法，前二句戒人之愈趋愈下，后二句勉后人之学乎其上也。盖谓后人不及前人者，以递相祖述，日趋日下也。必也区别裁正浮伪之体，而上亲风雅，则诸公之上转益多师，而汝师端在是矣。"（文渊阁《四库全书》本《须溪集》卷六）此文抓住了杜甫的组诗《戏为六绝句》的要旨，分析鞭辟入里，对人们正确理解这一组诗颇有帮助。

谢枋得有《〈唐诗〉序》一文，其中重点谈的是如何学杜甫诗的问题："幽不足动天地、感鬼神，明不足厚人伦、移风俗，删后真无诗矣。韩退之以三代文章自任，诗则让李、杜，'三百篇之后，便有杜子美'，名言也。唐人学子美多矣，无其志终无其声音，独绝句情思幽妙，可联镳齐驱于变风境上。章泉、涧泉二先生诲人学诗，自唐绝句始，熟于此，杜诗可渐进矣。建安王道可抗志力学，不为世所易。问枋得曰：'叶水心、汤文清咸以章泉、涧泉为上饶师。先生道德风操，可得闻乎？'枋得略说二先生选唐绝句，与道可共观。其微言绪论关世道、系天运者甚众，何日从容为子诵之？"（宛委别藏本《注解章泉、涧泉二先生选唐诗》卷首）他一方面指出唐人学杜甫而多不可得，原因是"无其志终无其声音"，另一方面也指出学杜甫的门径是从绝句入手，"自唐绝句始，熟于此，杜诗可渐进矣"。这一立论非常新颖，但是有些绝对化。

文天祥有《集杜诗自序》一文，主要从宏观上对杜诗进行整体评价："子美于吾，隔数百年，而其言语为吾用，非情性同哉？昔人评杜诗为诗史，盖其以咏歌之辞，寓纪载之实，而抑扬褒贬之意灿然于其中，虽谓之史可也。予所集杜诗，自余颠沛以来，世变人事，概见于此矣，是非有意于为诗者也。后之良史，尚庶几有考焉。"（《四部丛刊初编》影印明万历三年胡应皋刻本《文山先生全集》卷一六《集杜诗》卷首）他一方面充分肯定前人评杜诗为"诗史"，并且对"诗史"的含意做了说明，颇为精审，具有很深的启发意义，有助于人们对杜诗"诗史"二字的正确理解和认识。另一方面，文中又以自己的切身经历体会杜诗，达到与杜甫"情性同"的境界，更令人深思。

以上是对南宋时期有关李白、杜甫其人其诗序跋的简单介绍，从中可以看出当时诗坛的主流风气，也可以看出李、杜二公在当时文人学士心目中的特殊地位。

　　当然，同北宋时期大体相似，南宋时期也有相当多的序跋涉及唐代各个时期的诗人及其作品，这也是唐诗研究中不能忽视的文献资料。

　　根据初步统计，南宋时期关于李、杜之外诗人及其作品的序跋有 70 多篇，占多数的是陆游、杨万里、刘辰翁等著名诗人之作。

　　陆游的唐诗序跋，一部分是关于唐诗别集的版本问题的考证，或者是获得某一家诗集经过的叙述；另一部分是关于阅读唐代某人诗集的感受或者关于其人其诗的评价。

　　关于考证别集版本或者介绍获得某部诗集经过的序跋比较多，如《跋尹耘师书〈刘随州集〉》："佣书人韩文持束纸支头而睡，偶取视之，《刘随州集》也。乃以百钱易之，手加装褫。绍兴二十五年正月八日，陆某记。"（国家图书馆藏宋嘉定本《渭南文集》卷二六）文章主要介绍获得《刘随州集》的经过。再如《跋〈温庭筠诗集〉》："先君旧藏此集，以《华清宫》诗冠篇首。其中有《早行》诗，所谓'鸡声茅店月，人迹板桥霜'者，久已坠失。得此集于蜀中，则不复见《早行》诗矣。感叹不能自已。"（国家图书馆藏宋嘉定本《渭南文集》卷二六）文章着重说明家藏旧本《温庭筠诗集》与在蜀中所见该集版本上的差异。再有《跋〈松陵集〉》："淳熙十六年四月二十六日，车驾幸景灵宫，予以礼部郎兼膳部检察，赐公卿食，讫事作假。会陵阳韩籍寄此集来，云东都旧本也。欣然读之，时寓砖街巷街南小宅之南楼。山阴陆某务观手识。此集，蔡景繁旧物，复尝归韩子苍。子苍之孙籍以遗予，盖百年前本也。"（国家图书馆藏宋嘉定本《渭南文集》卷二七）文章介绍获得《松陵集》版本的经过。还有《跋〈孟浩然诗集〉》："此集有示孟郊诗。浩然，开元、天宝间人，无与郊相从之理，岂其人偶与东野同姓名耶？晁伯以谓岳阳楼止有前四句，亦似有理。续考之：伯以之说盖不然。大抵浩然四十字诗，后四句率觉气索，如《洞庭寄阎九》《岁暮归南山》之类皆然。杜少陵评浩然诗云'新诗句句尽堪传'，岂当时已有此论，故少陵为摈之耶？"（国家图书馆藏宋嘉定本《渭南文集》卷三一）文章也是从版本的角度切入，考证所见《孟浩然诗集》的版本情况，特别是集中错收他人诗的问题。

陆游关于阅读唐代某人诗集的感受，或者对其人其诗进行评价的序跋主要有《跋〈王右丞集〉》《跋〈岑嘉州诗集〉》《跋〈松陵倡和集〉》三篇。其《跋〈王右丞集〉》中有云："余年十七八时，读摩诘诗最熟，后遂置之者六十年。今年七十七，永昼无事，再取读之，如见旧师友，恨间阔之久也。"（国家图书馆藏宋嘉定本《渭南文集》卷二九）文章表现出陆游对王维诗的喜爱，至老不衰。其《跋〈岑嘉州诗集〉》中有曰："予自少时，绝好岑嘉州诗。往在山中，每醉归，倚胡床睡，辄令儿曹诵之，至酒醒，或睡熟，乃已。尝以为太白、子美之后，一人而已。"（国家图书馆藏宋嘉定本《渭南文集》卷二六）他一方面介绍自己早年对岑参诗的喜爱程度，另一方面也对岑参诗歌的历史地位进行评价，认为岑参是继"太白、子美之后，一人而已"，评价颇高。其《跋〈松陵倡和集〉》重点在人，不在其诗："皮袭美当唐末遁于吴越，死焉。有子光业为吴越相，子孙业文，不坠家声。至袭美四世孙公弼，以进士起家，仕庆历、嘉祐间，为韩魏公所知，虽不甚贵显，亦当世名士也。方吴越时，中原隔绝，乃有妄人造谤，以谓袭美隳节于巢贼，为其翰林学士。《新唐书》喜取小说，亦载之。岂有是哉！比《唐书》成时，公弼已死，莫与辨者，可叹也！"（国家图书馆藏宋嘉定本《渭南文集》卷三〇）陆游一方面介绍皮日休的个人遭际，及其后人的生活状况；另一方面指出《新唐书》记载皮日休曾为黄巢翰林学士的错误，斥为小说家言，不足为据。

杨万里专门的唐诗序跋有《黄御史集序》《唐李推官〈披沙集〉序》两篇。《黄御史集序》重点不在于评价黄滔本人的诗歌，而是关于整个唐诗，特别是晚唐诗的评价，文中首先指出晚唐诗的总体成就，并且分析其中原因："诗至唐而盛，至晚唐而工。盖当时以此设科而取士，士皆争竭其心思而为之，故其工，后无及焉。时之所尚，而患无其才者非也。"（《四部丛刊初编》影印宋抄本《诚斋集》卷七九）杨万里认为诗工于晚唐，其中原因主要是唐代以诗取士的科举考试政策。然后专门为晚唐诗张目："诗非文比也，必诗人为之；如攻玉者必得玉工焉，使攻金之工代之琢，则窳矣。而或者挟其深博之学、雄隽之文，于是櫽栝其伟辞以为诗，五七其句读，而平上其音节，夫岂非诗哉？至于晚唐之诗，则瓀而诽之曰：'锻炼之工，不如流出之自然也。'谁敢违之乎？"（《四部丛刊初编》影印宋抄本《诚斋集》卷七九）文章从诗、文分工的角度切入，论证诗当求工，肯定晚唐诗的成就。《唐李推官〈披沙集〉序》先从自己的爱好说起："予生百无所好，而顾独尤好文词如好好色也。至于好诗，又好文词中之尤者。"然后重点介绍李咸用的《披沙集》："晚识李兼孟达于金陵，出唐人诗一编，乃其八世族推官公《披沙集》也。……读之使人发融冶之欢于荒寒无聊之中，动惨戚之感于笑谈方怿之初。《国风》之遗音，江左之异曲，其果弦绝而不可煎胶欤？"（《四部丛刊初编》影印宋抄本《诚斋集》卷八一）杨万里一方面介绍自己获得此集的经过，另一方面说明自己阅读后的感受。

应该指出的是，杨万里有《周子益训蒙省题诗序》一文，虽然不是专门的唐诗序跋，但是其中关于唐诗的论述颇有见地，值得注意："唐人未有不能诗者，能之矣，亦未有不工者，至李、杜极矣。后有作者，蔑以加矣。而晚唐诸子，虽乏二子之雄浑，然'好色而不淫''怨诽而不乱'，犹有《国风》《小雅》之遗音。无他，专门以诗赋取士而已。诗又其专门者也，故夫人而能工之也。"（《四部丛刊》本《诚斋集》卷八三）其中关于李白、杜甫诗歌地位的评价没有多少新意，是众多诗家的共识，但是其中对晚唐诗的评价则颇为新颖，尤其是将其与《诗经》联系起来，说晚唐诗"犹有《国风》《小雅》之遗音"，确实是别有见地。

刘辰翁专门的唐诗序跋有《〈孟浩然诗集〉跋》《〈韦苏州诗〉序》《题〈韦苏州集〉》《评李长吉诗》四篇，要点都是对诗人进行评价。如《〈孟浩然诗集〉跋》："生成语难得。浩然诗高处不刻画，只似乘兴。苏州远在其后，而澹复过之。韦应物居官自愧，闵闵有恤人之心。其诗如深山采药，饮泉坐石，日晏忘归。孟浩然如访梅问柳，偏入幽寺。二人意趣相似，然入处不同。韦诗润者如石，孟诗如雪，虽淡无彩色，不免有轻盈之意。"（清光绪碧琳琅馆刊《王孟诗评》）文章通过与韦应物之诗进行比较，分析孟浩然诗的艺术构思与艺术特征，其中"浩然诗高处不刻画，只似乘兴""孟诗如雪，虽淡无彩色"数语尤为精彩。再如其《〈韦苏州诗〉序》："诗难评，观诗亦复未易。忆与陈俞舜卿诵韦苏州一二语，高处有山泉极品之味，共恨未见全集。"（中华书局 1986 年影印本《永乐大典》卷九〇六）文章揭示韦应物诗之高处在于"有山泉极品之味"。此外，其《评李长吉诗》一文对李贺的评价也有独到之处："旧看长吉诗，固喜其才，亦厌其涩。落笔细读，方知作者用心，料他人观不到此也，是千年长吉犹无知己也。以杜牧之郑重为叙，直取二三歌诗而止，始知牧亦未尝读也。……微一二歌诗，将无道长吉者矣。谓其理不及《骚》，未也，亦未必知《骚》也；《骚》之荒忽则过之矣，更欲仆《骚》亦非也。千年长吉，余甫知之耳。诗之难读如此，而作者尝呕心，何也？樊川反复称道形容，非不极至，独惜理不及《骚》。不知贺所长正在理外，如惠施坚白，特以不近人情，而听者惑焉，是为辩。若眼前语，众人意，则不待长吉能之，此长吉所以自成一家与。"（文渊阁《四库全书》本《须溪集》卷六）文章一方面指出李贺之诗难读，另一方面说明其诗主要的成就和特色"正在理外"，认为自己是李贺的知己。

除陆游、杨万里、刘辰翁之外，其他人如洪迈、薛季宣、宋正功、黄伯思、韩驹、王远、陈造、楼钥、崔敦礼、程珌、袁说友、李壁、陈宓、袁甫、高斯得等人虽然所作篇数不多，但是不乏精彩之论。其中洪迈有《〈黄御史集〉序》一文："词章关乎气运，于唐尤验云。唐兴三百年，气运升降，其间而诗文因之。自晋阳举义，开馆宫西，以延文学，竟用词赋取士。士以操觚显者无虑数百家，大都始沿江左颓习，竞于绮绘，耽披靡而乏气骨。伯玉奋然洗刷，沈、宋、燕、许，辈出振响。以至贞元、长庆，经术大明，修古弥众。于时墨儒词匠所为诗若文，咸矩矱自然，不以雕饰为工，相与赞翊道真，赓扬鸿化。斯为锵锵尔雅，故文盛于韩、柳、皇甫。而其衰也，为孙樵，为刘蜕，为沈颜。诗盛于李、杜、刘、白，而其衰也，为郑谷，为罗隐，为杜荀鹤。御史生最晚而独不然，其文赡蔚有典则，策扶教化，其诗清淳丰润，若与人对语，和气郁郁，有贞元、长庆风概。"（文渊阁《四库全书》本《黄御史集》卷首）文章首先从总体上梳理唐诗的发展与演变过程，然后概括黄滔诗的地位和成就。薛季宣有两篇唐诗别集序，一为《〈香奁集〉序》，首先介绍韩偓《香奁集》的版本："韩偓《香奁集》二卷，蜀本诗一百一篇；京师本赋二篇，诗一百七篇，曲词二章；秘阁本同，亡诗十篇。三家篇什相糅莒，差次不伦，以雠比除复重，定著赋、诗、曲、词一百十二，以朱墨辨，阁、京本皆已刊正可传。"然后对其诗歌风格进行概括："偓为诗有情致，形容能出人意表。"（《永嘉丛书》本《艮斋先生薛常州浪语集》卷三〇）另一篇为《〈李长吉诗集〉序》，首先也是介绍版本："右，《李长吉诗集》四卷，蜀本、会稽姚氏本皆二百十九篇，宣城本二百四十二篇。蜀本不知所从来，姚氏本出秘阁，宣城本出贺铸方回家。凡集三家以雠比，正舛伪，概之杜牧之叙，宣城本多羡诗十九，蜀、姚氏本少亡诗四。今定诗从宣城本、从蜀，疏其异同于下，著姚氏本于上。大校宣城本不远蜀，姚氏本最为审订，皆已刊正可传。"其次分析其诗歌特色："其诗著矣，上世或讥以伤艳，余窃谓不然。世固有若轻而甚重者，长吉诗是也。他人之诗，不失之粗则失之俗，要不可谓诗人之诗，长吉无是病也。其轻扬纤丽，盖能自成一家。如金玉锦绣，辉焕白日，虽难以疗御寒饥，终不以是故不为世宝。"（《永嘉丛书》本《艮斋先生薛常州浪语集》卷三〇）宋正功有《题高适琴台诗刻》一文，其言曰："琴台最为单父旧迹，昔人形于诗咏，间有刻石者，唐高适三章尤为奇古，因命刊刻，龛置台上。"文章比较具体地概括出高适诗歌的创作特点，即"始为诗即工，以气质自尚，每一篇成，好事者竟传布"（台湾新文丰出版公司石刻史料新编本《平津馆金石萃编》卷一九）。黄伯思有《跋〈昌谷别集〉后》一文，重点介绍李贺诗歌的编辑及其流传状况："案唐李公藩尝缀贺歌诗，为之叙，未成。知贺有外兄，与贺有笔研旧，召见，托以搜采放失。其人诺且请曰：'某尽记贺篇咏，然窜改处多，愿得公所辑视之。当为是正。'公喜并付之，弥年绝迹，复召诘之，乃云：'某与贺中表自幼同处，恨其倨忽，常思报之。今幸得公所藏，并旧有者，悉投厕中矣。'公大恚，叱出之，嗟慨良久。故贺章什流传者少，今世行杜牧所叙贺歌诗篇才四卷耳。此集所载，岂非李藩所藏之一二乎？"（中华书局 1988 年影印上海图书馆所藏嘉定三年楼钥、庄夏校刻本《东观余论》卷下）通过此文可以对李贺诗歌的编辑及其流传状况有一个大概的了解。韩驹有《题韦苏州诗》一文，文中先评其人："然余观其人，为性高洁，鲜食寡欲，所居扫地焚香而坐，与豪纵者不类。"然后评其诗："其诗清深妙丽，虽唐诗人之盛，亦少其比，又岂以晚节把笔学为者，岂苏州自序之过欤？然在天宝间不闻苏州诗，则其诗晚乃工，为无足怪。高适年四十始学诗，亦遂名家，非其才本绝人，莫能尔也。少时不知有韦苏州，晚读其诗，清深妙丽，在陶、柳之间，恨见之晚。然余少时豪气未除，就令见之，未必能爱，乃知学者读书当自有次第也。"（宋庆元三年书隐斋刻本《新刊国朝二百家名贤文粹》卷一九一）韩驹一方面揭示韦应物诗的主要特色是"清深妙丽"，另一方面指出其历史地位："虽唐诗人之盛，亦少其比。"王远有《〈贾长江集〉后序》一文，文章对贾岛诗歌的评价比较深刻："浪仙以诗名世，杰出于贞元、元和文章极盛之后。孟郊死，为之不已。其诗与郊分镳并驰，峭直刻深，羁情客思，春愁秋怨，读之令人爱其工、怜其志，如听燕赵之悲歌，蛾眉之曼声，秦庭之哭，荆山之泣也。大抵士之不遇，厄穷罹谤，郁郁顿挫，身可摈而志不可夺，势可压而气不可屈。及其发也，有至于怒发裂眦，而不可掩者，故行吟泽畔，仰天呜呜，欲其为鸾和佩旗之音，不可得也。"（国家图书馆藏冯定远抄本《贾浪仙长江集》卷末）其中对其诗艺术风格的概括及对其形成原因的分析都较有见地。陈造有《题〈孟浩然集〉后》一文："孟浩然，襄阳贤士，当世名公犹钦慕之。高怀清致，使不能诗，亦时楷式。而是集所载，谨格律于闲淡，隐严密于纡余，不深于诗，未必知之。"（文渊阁《四库全书》本《江湖长翁集》卷三一）其一，指出孟浩然为人与情怀，以"高怀清致"四字概之；其二，概括其诗歌艺术特色，以"谨格律于闲淡，隐严密于纡余"十二字概之。楼钥有《跋〈白乐天集目录〉》一文，既评其人，又评其诗："香山居士之诗，爱之者众，亦有轻之者。……其间安时处顺，造理齐物，履忧患，婴疾苦，而其词意愈益平淡旷达，有古人所不易到，后来不可及者，未容悉数。"然后指出其琴诗"皆有自得难言之秘",关于老、庄之诗"所见超诣",论人论事之诗"尤为高胜,而可轻之乎"(武英殿聚珍版丛书本《攻媿集》卷七六)。不同于一般的泛泛之论,楼钥的评论实为真知灼见。崔敦礼有《〈韦苏州集〉序》一文,其精彩处是对韦应物诗歌风格特色的概括:"韦苏州以诗鸣唐,其辞清深闲远,自成一家。至歌行益高古近风雅,非天趣雅淡、禀赋自然者不能作。"(文渊阁《四库全书》本《宫教集》卷六)其中要点是"其辞清深闲远,自成一家"与"高古近风雅"数语。程珌《跋〈孟东野集〉》一文,从特别的角度评价孟郊诗:"仓颉制字,鬼夜哭,龙潜藏,岂非东野平生穿天心,出月协,固宰物者之所不恕邪?士之侥幸逢辰,取数已盈,而犹叹于不遇者,亦可以自警矣。少陵之材有怒霓抉石,复有鸾辂纡徐,有廊庙雍容,复有佩剑磊块。郊有是乎?一于寒且迫而已。孟子谓居移气、养移体,发为词章,见之气貌,曾子谓出辞气斯远鄙倍,士其可不知所养哉!"(明嘉靖三十五年程元刻《程端明公洺水集》卷一三)他将仓颉造字及孟子"养气"之说与孟郊生平遭际、诗歌创作相比附,见解不凡。袁说友有《跋杜牧之〈九日登齐山诗〉》,专就杜牧一首诗进行评价:"右唐池州刺史杜牧之《九日登齐山诗》。吟咏嗟叹之意,殆与风雅同也。后世骚人逸士,诵其诗者,悟真趣而销忿欲,岂特为是邦故事而已哉。"(中华书局1986年影印本《永乐大典》卷九〇五)他认为此诗有《风》《雅》之意味,别有见地。李壁有《跋唐韩翃

诗后》一文，不是赞美，而是批评："尝观唐德宗擢韩翃事，唐
于是失政矣。天官之重而轻以用之如此，好事者顾以为美谭，
何哉？翃此诗未为甚佳，又以为坡所书，吾疑之。"（中华书
局1986年影印本《永乐大典》卷九〇五）显然他对韩翃其人
其诗都不认可。袁甫《跋杨文公手抄李义山诗》一文，见解与
众不同："公之闻孙当涂使君，以公手抄李义山诗示余，因得尽
观诸公跋语。夫游戏翰墨，尚为人宝玩若此，则当时知公者虽
寡，后世知公者多矣。知尊其名，未知学其为人，真知亦岂易
得耶？"（文渊阁《四库全书》本《蒙斋集》卷一五）宋代不少
人对杨亿推崇李商隐诗提出批评，将西昆派一笔抹杀，但是袁
甫在此文中则对其表示理解和认可。高斯得有《〈白氏长庆集〉
序》一文，主要说明自己读白居易诗歌的体会："予早岁读白傅
诗，疑其得之太易，若寡深沉之思者，不深嗜也。晚见世之为
诗者钻砺太工，虽清越可喜而沉浸浓郁之风衰矣，乃复取白集，
日翻十数纸，则见其温柔平淡，冲旷坦夷，凡世之肩摩毂击而
争者视之泊如也，然后知其见远识微，一时之士皆莫能及，其
生平交友如元微之、刘梦得辈，文章虽略相似，而心事则判然
殊矣。"（文渊阁《四库全书》本《耻堂存稿》卷四）文章揭示
自己对白居易诗歌的理解经历了逐渐深入的过程：早期理解较
浅，所以认为其诗"得之太易"；后期理解加深，认识到白居易
诗"温柔平淡，冲旷坦夷""见远识微"的特点，这对后人读
诗、解诗颇有启发意义。

　　有一种现象值得注意，在南宋文士的序跋类文章中，有些谈诗的序跋表面上看不是专门谈唐诗的，但是其中包含评论唐诗的内容，有些还相当精彩，其成就甚至超过一些专门的唐诗序跋，所以，这类序跋也应该引起重视。其中刘克庄、刘辰翁、朱熹、楼钥、叶适、姚镛、吴泳、赵汝回等人的一些序跋就有这样的特点。

　　刘克庄有《韩隐君诗序》，其中有评价杜甫诗的部分："古人不及见后世之偶然比兴、风刺之作，至列于经。后人尽诵读古人书，而下语终不能仿佛风人之万一，余窃惑焉。或古诗出于情性，发必善；今诗出于记问，博而已。自杜子美未免此病。"（《四部丛刊初编》本《后村先生大全集》卷九六）可贵的是，他对杜甫诗不是一味地颂扬，也有批评，认为诗歌应该"出于情性"，而当时有些诗却"出于记问，博而已"，并且认为杜甫之诗也有这样的毛病，其认真求实、不盲目、不迷信的态度可见一斑。同时，他在《宋希仁诗序》中论及当时学诗中存在的问题："近世诗学有二：嗜古者宗《选》，缚律者宗唐。其始皆曰：'吾为《选》也，吾为唐也。'然童而学之，以至于老，有莫能改气质而谐音节者，终于不《选》、不唐，无所就而已。余谓：诗之体格有古、律之变，人之情性无今昔之异。《选》诗有芜拙于唐者，唐诗有佳于《选》者。"（《四部丛刊初编》本《后村先生大全集》卷九七）文章既指出宗《选》的毛病，又指出单纯宗唐的毛病，态度特别中肯。此外，刘克庄还有《竹溪诗序》《林子昷诗序》两篇文章。《竹溪诗序》中对韩愈诗有所批评："唐文人皆能诗，柳尤高，韩尚非本色。"（《四部丛刊初编》本《后村先生大全集》卷九四）《林子昷诗序》涉及唐诗："五言诗，'三百五篇'中间有之。逮汉魏，苏、李、曹、刘之作，号为'选体'。及沈休文出，以浮声切响作古，自谓灵均以来，未睹斯闼，一唱百和，渐有唐风。唐初如陈子昂《感遇》，平揖《骚》《选》，非开元、天宝以后作者所及。李、杜大家数，姑置勿论，五言如孟浩然、刘长卿、韦苏州、柳子厚，皆高简要妙，虽郊、岛才思拘狭，或安一字而断数髭，或先得上句，经岁始足下句，其用心之苦如此，未可以唐风少之。"（《四部丛刊初编》本《后村先生大全集》卷九八）文章叙述五言诗的发展历程，对唐人的五言诗给予高度评价，颇有参考价值。

刘辰翁有两篇文章涉及唐诗，一为《连伯正诗序》："古之穷诗人称子美、郊、岛。郊、岛以其命，而子美以其时。或曰：时与命不同耶？曰：不同也。使郊、岛生开元、天宝间，计亦岂能鸣国家之盛，而寒酸寂寞顾尤工以老，则鬃其赋分言之，亦不为不幸也。若子美在开元，则及见丽人、友八仙，在乾元，则扈从还京，归鞭左掖，其间唯陷鄜数月，后来流落，田园花柳亦与杜曲无异。若《石壕》《新安》之睹记，《彭衙》《桔柏》之崎岖，则意者造物托之子美，以此人间之不免而又适有能言者，载而传之万年。是岂不亦有数哉！不然，生开元、天宝间，有是作否？故曰：时也，非命也。"（文渊阁《四库全书》

本《须溪集》卷六）他认为杜甫、孟郊、贾岛几人之诗皆为穷而后工，其"穷"有幸，也有不幸。不幸的是个人生活，幸的是成就了他们的诗歌创作。另一篇是《跋白廷玉诗》，其中包含对杜甫的评价："杜子美大篇，江河转怪不测，虽太白、退之天才罕及。至五言、七言律，微有拙处，然时时得风雨鬼神之助，不在可解。若七言宕丽，或更入于古野，而不为俚，亦唯作者自知，虽大家数不能评也。此笔绝于世久，纷纷一花一叶，饰姿弄鬓，徒乱人意。"（文渊阁《四库全书》本《须溪集》卷六）刘辰翁肯定杜甫诗歌中长篇的成就，而对其五言、七言律诗则颇有微词，认为"微有拙处"，表明他在诗学上的客观态度，即使面对"诗圣"也不迷信。

牟巘有《缪淡圃诗文序》，文中涉及唐诗的内容是："世人朝摹夕拟，句煅字炼，以为唐诗，而终少风致，正如效叔孙敖衣冠而不得其抵掌谈笑之意。故必有唐人风致，乃有唐人诗句。半山从宋次道家尽观唐百家诗，平生硬挣且复执拗，而诗则唐人也。如'万绿枝头红一点，动人春色不须多''千红万紫凋零后，始见闲人把一枝'，殊有风致，不类其为人，则又有不可晓者。"（《四库全书》本《陵阳集》卷一三）文章说明如何学唐诗的问题，其中要点是：学唐诗不在"朝摹夕拟，句煅字炼"，而在于"有唐人风致"，并且以王安石为例说明问题，比较有说服力。

胡铨有《僧祖信诗序》，其中谈到杜诗："少陵杜甫耻作诗，不事他业，讽刺、讥议、诋诃、箴规、讪骂、比兴、赋颂、感慨、忿懥、恐惧、好乐、忧患、怨怼、凌遽、悲歌、喜怒、哀乐、怡愉、闲适，凡感于中，一于诗发之。仰观天宇之大，俯察品汇之盛，见日星霜露，丰隆列缺，屏翳沆瀣，烟云之变灭，云岩邃谷，悲泉哀壑，深山大泽，龙蛇之所宫，茂林修竹，翠筱碧梧，鸾鹄之所家，天地之间，诙诡谲怪，苟可以动物悟人者，举萃于诗。故甫之诗，短章大篇，纡余妍而卓荦杰，笔端若有鬼神，不可致诘。后之议者，至谓书至于颜，画至于吴，诗至于甫极矣。"（清道光十三年胡文思重刊本《胡澹庵先生文集》卷一五）文章着重说明杜甫诗皆为有感而发，情感内容非常广阔。同时又以杜诗与颜真卿之书法、吴道子之画相比附，认为都达到了极致。

理学家朱熹有两篇文章也涉及唐诗，一为《斋居感兴二十首序》："余读陈子昂《感遇》诗，爱其词旨幽邃，音节豪宕，非当世词人所及。如丹砂空青，金膏水碧，虽近乏世用，而实物外难得自然之奇宝。欲效其体作十数篇，顾以思致平凡，笔力萎弱，竟不能就。然亦恨其不精于理，而自托于仙佛之间以为高也……"（《四部丛刊》本《晦庵先生朱文公文集》卷四）朱熹论述陈子昂的《感遇诗》，并且对其风格特征进行了比较深入的分析，对于人们解读陈子昂诗具有一定的启发性。另一篇是《跋病翁先生诗》："余尝以为天下万事皆有一定之法，学之者须循序而渐进。如学诗，则且当以此等为法，庶几不失古人本分、体制……李、杜、韩、柳，初亦皆学《选》诗者，然杜、韩变多，而柳、李变少。变不可学，而不变可学。故自其变者而学之，不若自其不变者而学之，乃鲁男子学柳下惠之意也。呜呼！学者其毋惑于不烦绳削之说，而轻为放肆，以自欺也哉？"（《四部丛刊》本《晦庵先生朱文公文集》卷八四）文章着重论述学诗方法，并且以李白、杜甫、韩愈、柳宗元为例说明问题，强调"须循序而渐进""自其变者而学之，不若自其不变者而学之"，识见较为深远。

楼钥有《增广笺注简斋诗集序》一文："少陵、东坡诗，出入万卷书中，奥篇隐帙，无不奔凑笔下，固已不易尽知；况复随意模写，曲尽物态，非亲至其处，洞知曲折，亦未易得作者之意。"（《四部丛刊初编》本《增广笺注简斋诗集》卷首）他对杜甫、苏轼在诗歌创作上取得突出成就的原因进行分析，强调读书与博学对诗歌创作的重要意义。

叶适有《王木叔诗序》一文，其中有几句涉及唐诗："近岁唐诗方盛行，闻者皆以为疑。夫争妍斗巧，极外物之变态，唐人所长也；反求于内，不足以定其志之所止，唐人所短也。"（中华书局版《叶适集·水心文集》卷一二）他指出唐诗的长处与短处，虽然不一定完全符合实际，但是对人们正确认识唐诗，还是具有启发意义的。

姚镛有《题戴石屏诗卷后》一文，其中有几句论及唐诗："诗盛于唐，极盛于开元、天宝间。昭、僖以后，则气索矣。世变使然，可与识者道也。"（宋人小集六十八种本《雪蓬稿》）他认为唐诗极盛于盛唐，而衰于晚唐，并且指出其中原因是诗歌随时升降，不以人的意志为转移。虽然与事实不尽相符，但是值得参考。

吴泳有《〈张仁溥诗稿〉跋》一文："古人作诗，无一篇无源流，无一字无法度。退之虽豪健奔放，绝少刀尺，而缘情寄兴，依声用韵，未尝不本诸古。《南山诗》则司马相如《上林赋》也，《圣德诗》则太史公《龟策传》也，《秋怀》拟枚乘十九首，《别元协律》效李少卿、苏子卿七篇，若《南溪始泛》《暮行河堤上》《重云赠李观》《江汉答孟郊》则纯是学建安诸子，晋宋齐梁而下，更不道也。故无古人胸襟不能读退之诗，无退之笔力不能作古人语。风气日降，边幅窘窄，竞趋晚唐，以为鲜好，抑下矣。"（文渊阁《四库全书》本《鹤林集》卷三八）他意在说明作诗应该有来处、有法度，注意师法古人，并且以韩愈为例，强调师古主要是学习晋宋以前，不能学习"晋宋齐梁而下"。此论虽稍有偏颇，但也有一定的合理成分。

赵汝回有《瓜庐诗序》一文，其中论及学习唐诗的问题："晋宋诗称陶、谢，唐称韦、杜。当其时，人人皆工诗，诗非不盛也。而四人者独首称，岂非侯鲭爽口，不若不致之羹；郑声悦耳，不若遗音之瑟哉！唐风不竞，派沿江西，此道蚀灭尽矣。永嘉徐照、翁卷、徐玑、赵师秀乃始以开元、元和作者自期，冶择淬炼，字字玉响，杂之姚、贾中，人不能辨。"（《四库全书》本《瓜庐集》卷首）文章一方面批评"江西诗派"，认为其师古有偏，导致"此道蚀灭尽矣"；同时肯定"永嘉四灵"，认为其学习唐开元、元和之诗，成就突出。一贬一褒，不尽公平，但是其中确实有参考价值。

所以，我们在研究宋人关于唐诗的序跋之时，这一类文献资料也不能忽视。

与前面所述的关于唐代诗人个人别集或个别作品的序跋相比，南宋时期关于唐诗总集的序跋也相当多，无论是从诗学理论的角度还是从文献资料的角度上看，都具有重要价值。

根据统计，现存南宋时期关于唐诗总集的序跋有20多篇，其中陆游、洪迈、刘克庄三人的文章相对多一些。

陆游关于唐诗总集的序跋有《跋〈唐御览诗〉》《跋〈中兴间气集〉》（一、二）、《跋〈花间集〉》（一、二），总共5篇，数量多于其他人。其中有的重点考证版本、书名、作品数量等，如《跋〈唐御览诗〉》："右，《唐御览诗》一卷，凡三十人，二百八十九首，元和学士令狐楚所集也。按卢纶墓碑云：'元和中，章武皇帝命侍臣采诗，第名家得三百一十篇。公之章句奏御者居十之一。'今《御览》所载纶诗，正三十二篇，所谓居十之一者也。据此，则《御览》为唐旧书不疑。然碑云'三百十一篇'，而此才二百八十九首，盖散佚多矣，姑校定讹谬，以俟完本。《御览》一名《唐新诗》，一名《选进集》，一名《元和御览》云。"（国家图书馆藏宋嘉定本《渭南文集》卷二六）文章首先介绍诗集的编辑者，然后考证选诗数量，最后介绍书名，读者据此便可以了解此书的基本状况。有的考证编者，纠正谬误，如《中兴间气集》的跋文有两篇，《跋〈中兴间气集〉》（一）云："高适字仲武，此乃名仲武，非适也。评品多妄，盖浅丈夫耳，其书乃传至今。天下事出于幸不幸固多如此，可以一叹！"（国家图书馆藏宋嘉定本《渭南文集》卷二六）文章考证《中兴间气集》一书编者非高适，而为另外一人；并且对书中的评品文字给予批评。《跋〈中兴间气集〉》（二）一篇重在考证："高适字仲武，此集所谓高仲武，乃别一人，名仲武，非适也。议论凡鄙，与近世《宋百家诗》中小序可相甲乙。唐人深于诗者多，而此等议论乃传至今。事固有幸不幸也，然所载多佳句，亦不可以所托非其人而废之。"（国家图书馆藏宋嘉定本《渭南文集》卷二六）文章一方面继续考证此书编者不是高适，另一方面对该书进行评价，认为其质量不高，突出表现是"议论凡鄙"。有的是对诗人进行评价，如《跋〈花间集〉》（一）云："《花间集》皆唐末五代时人作。方斯时，天下岌岌，生民救死不暇，士大夫乃流宕如此，可叹也哉。或者亦出于无聊故邪？"（国家图书馆藏宋嘉定本《渭南文集》卷三〇）该文对唐末五代诗人进行批评，重点批评这些诗人当天下大乱，民不聊生之际，不思忧国救民，而流宕如此。再如《跋〈花间集〉》（二）云："唐自大中后，诗家日趣浅薄。其间杰出者，亦不复有前辈闳妙浑厚之作，久而自厌，然梏于俗尚，不能拔出。

会有倚声作词者，本欲酒间易晓，颇摆落故态，适与六朝跌宕意气差近，此集所载是也。故历唐季五代，诗愈卑，而倚声者辄简古可爱。盖天宝以后，诗人常恨文不逮，大中以后，诗衰而倚声作。使诸人以其所长格力施于所短，则后世孰得而议？笔墨驰骋则一，能此不能彼，未易以理推也。"（国家图书馆藏宋嘉定本《渭南文集》卷三〇）文章介绍《花间集》产生的历史背景和诗学背景，揭示当时诗坛的没落状况，并且将当时的诗与词进行对比，指出"诗衰而倚声作"，特别指出当时之词"简古可爱"，而诗则"趣浅薄"。

洪迈有《〈万首唐人绝句〉诗序》与《容斋续刻〈万首唐人绝句〉题记》两文。南宋淳熙年间，洪迈"录唐五七言绝句五千四百首进御，后复补辑得满万首为百卷，绍熙三年上之"。孝宗皇帝降敕褒嘉，许为"选择甚精，备见博洽"八字。《〈万首唐人绝句〉诗序》先介绍此书的成书过程："淳熙庚子秋，迈解建安郡印归，时年五十八矣。身入老境，眼意倦罢。不复观书，唯时时教稚儿诵唐人绝句，则取诸家遗集，一切整汇，凡五七言五千四百篇，手书为六帙。起家守婺，赍以自随。逾年再还朝，侍寿皇帝清燕，偶及宫中书扇事。圣语云：'比使人集录唐诗，得数百首。'迈因以昔所编具奏，天旨惊其多，且令以元本进入，蒙置诸复古殿书院。又四年，来守会稽间，公事余分，又讨理向所未尽者。"（文渊阁《四库全书》本《万首唐人绝句》卷首）中间介绍铨选、鉴别、纠正讹误等，最后又介绍新补入之诗的情况："今之所编，固亦不能自免，然不暇正。又取郭茂倩《乐府》与稗官小说所载仙鬼诸诗，撮其可读者合为百卷。"（文渊阁《四库全书》本《万首唐人绝句》卷首）其《容斋续刻〈万首唐人绝句〉题记》则简单介绍书中的主要诗体："越府所刻七言至二十六卷，五言至二十卷。而奉祠归鄱阳，唯书不可以不成，乃雇婆匠续之于容斋，旬月而毕。"（文渊阁《四库全书》本《万首唐人绝句》卷首）文章说得很具体：此书唐人绝句总计四十六卷，规模很大。

当然，洪迈此书在当时就受到批评，如程珌的《书〈唐人绝句〉编后》就包含批评此书的内容："寿皇朝有进《唐人绝句》一编者，窃谓可无进也。顷在经筵，尝蒙宣谕：'比日作字颇多，旦夕示卿等。'予即奏云：'云章宸翰固是帝王能事，但只以祖宗朝观之，太宗飞白实在诸僭国悉平之后，高皇草圣亦在中兴已定之余。方今民贫兵困，羽书旁午，内修外攘，正轸圣衷。若夫笔神墨妙，迟于他日功成治定之余，未晚也。'上云：'极是极是。'予又记在讲筵时尝进进士聂夷中'二月卖丝，五月粜谷'之诗，欲宽民生之艰也；又尝进楼公璹《耕织图诗》，欲以见桑稼之事也。每当讲读，则又以宝训、故事录为小册进之，此外不敢有所进也。"（明嘉靖三十五年程元刻《程端明公洺水集》卷一三）很明显，程珌认为洪迈进的《万首唐人绝句》不合时宜，因为当时正当内忧外患之时。

刘克庄关于唐诗总集之序有两篇，其一为《唐五七言绝句序》，文章首先指出洪迈《万首唐人绝句》编选的弊病："野处洪公编唐人绝句仅万首，有一家数百首并取而不遗者，亦有复出者，疑其但取唐人文集、杂说，令人抄类而成书，非必有所去取也。"刘克庄大体认为此书"非必有所去取"，又有重复，所以比较粗糙。然后说明自己编选《唐五七言绝句》的起因与动机："余家童子初入塾，始遗五七言各百首口授之。切情诣理之作，匹士寒女不弃也，否则巨人作家不录也。唯李、杜当别论。童子请曰：'昔杜牧讥元、白海淫，今所取多边情春思宫怨之什，然乎？'余曰：《诗·大序》曰："发乎情性，止乎礼义。"古今论诗至是而止。夫发乎性情者，天理不容泯；止乎礼义者，圣笔不能删也。小子识之！'"（《四部丛刊初编》本《后村先生大全集》卷九四）总体上看，此书的编选，主要出于教授本家童子的目的，为家塾教材之类。编选标准是"切情诣理"，也即"发乎情性，止乎礼义"，遵守的是儒家诗教。其二为《唐绝句续选序》，文章重在说明编选《唐绝句续选》一书的动因："余尝选唐绝句诗，既板行于莆、于建、于杭，后十余年，觉前选太严而名作多所遗落。或儆余曰：'子徒知病野处之详，而不知议者病后村之略也。'余曰：'谨受教。'乃汇诸家五七六言，各再取百首，名《续选》。内五言仅得七十首，以六言三十首足之。盖六言尤难工，柳子厚高才，集中仅得一篇，唯王右丞、皇甫补阙所作绝妙。今学古者所未讲也，使后世崇尚六言自余始，不亦可乎？前选未收李、杜，今并屈二公印证。"（《四部丛刊初编》本《后村先生大全集》卷九七）从序中可以看出，他之所以要续选，一是因为前一选本选诗太严，很多名作被遗漏；二是因为有人批评他的前选太简略。同时，序中又介绍了续选的具体情况，这样人们对其《唐绝句续选》一书便可知大概。

除以上三人之外，南宋时期还有几部关于重要唐诗总集，或者包含大量唐诗书籍的序跋，特别值得注意。如倪仲传《唐百家诗选序》、周紫芝《古今诸家乐府序》、贾似道《全唐诗话序》、曾旼《〈国秀集〉跋》、曾子泓《〈中兴间气集〉跋》、汪纲《〈万首唐人绝句〉跋》、赵孟奎《〈分门纂类唐歌诗〉序》等。

倪仲传的《唐百家诗选序》主要为王安石的《唐百家诗选》张目："音有妙而难赏，曲有高而寡和，古今通然，无惑乎《唐百家诗选》之沦没于世也。予自弱冠肄业于香溪先生门，尝得是诗于先生家藏之秘，窃爱其拔唐诗之尤，清古典丽，正而不冶，凡以诗鸣于唐，有惊人语者，悉罗于选中。于是心惟口诵，几欲裂去夏课而学焉。先生知之，一日索而钥诸笥。越至于今，不复过目者有年矣。"（文渊阁《四库全书》本《唐百家诗选》卷首）其主旨是为王氏《唐百家诗选》之沦没于世鸣不平，所以便"镂板以新其传，庶几丞相荆国公铨择之意有所授于后人也"（文渊阁《四库全书》本《唐百家诗选》卷首）。

周紫芝的《古今诸家乐府序》首先介绍乐府诗的源流演变："世之言乐府者，知其起于汉魏，盛于晋宋，成于唐，而不知其源实肇于虞舜之时。……魏、晋、宋历唐，而其作益多。后人之作，其不与古乐府题意相协者十八九，此盖不可得而考者，余不复论。独恨其历世既久，事失本真，至其弊也，则变为淫言，流为亵语，大抵以艳丽之词更相祖述，至使父子兄弟不可同席而闻，无复有补于世教……"然后极力推崇唐人乐府："至唐而诸君子出，乃益可喜。余尝评诸家之作，以谓李太白最高，而微短于韵；王建善讽，而未能脱俗；孟东野近古而思浅；李长吉语奇而入怪；唯张文昌兼诸家之善，妙绝古今。"（《四库全书》本《太仓稊米集》卷五一）文中分别概括了唐代乐府诗人的成就，同时也指出其不足，其观点虽然不能尽善，但是确有可观之处。

贾似道《全唐诗话序》中先说了书的编纂经过："余少有诗癖，岁在甲午，奉祠湖曲，日与西方胜游专意吟事，大概与唐人诗诵之尤习。间又裒话录之纂记，益朋友之见闻，汇而书之，名曰《全唐诗话》。未几，驱驰于外，此事便废，迩来三十有八年矣。今又蒙恩便养湖曲，因理故箧，复得是编，披览慨然，恍如畴昔浩歌纵谈时也。"从中可知此书历时三十八年之久，颇费时日。接下来总论唐诗："唐自贞观来，虽尚有六朝声病，而气韵雄深，骎骎古意。开元、元和之盛，遂可追配《风》《雅》。迨会昌而后，刻露华靡尽矣。往往观世变者于此有感焉，徒诗云乎哉！"（津逮秘书本《全唐诗话》卷首）贾似道一方面指出唐诗的盛况及成就，另一方面也描述出唐诗的发展与演变过程。贾氏其人为人所不齿，但是这些关于唐诗的论述倒还可观。

　　曾旼《〈国秀集〉跋》重点介绍《国秀集》一书的编辑情况:"《国秀集》三卷，唐人诗，总二百二十篇，天宝三载国子生芮挺章撰，楼颖序之。其诗之次，自天官侍郎李峤至进士祖咏，凡九十人。挺章二篇、颖五篇亦在其间。内王湾一篇，又'海日生残夜，江春入旧年'之句，题曰《次北固山下作》。而殷璠所撰《河岳英灵集》作于天宝十一载，岁月稍后，然挺章编选，非璠之比，览者自得之。此集《唐书·艺文志》洎本朝《崇文总目》皆阙而不录，殆三馆所无，浚仪刘景文顷岁得之鬻古书者。元祐戊辰孟秋，从景文借本录之，因识于后。"（上海古籍出版社 1979 年版唐人选唐诗十种本《国秀集》卷末）文章一方面介绍该书的规模、篇幅，另一方面又与殷璠所撰《河岳英灵集》互相参证，此外还说明其版本流传情况，为读者了解此书提供了方便。

　　曾子泓的《〈中兴间气集〉跋》着重说明其所见高仲武《中兴间气集》一书的版本状况:"渤海高氏选《中兴间气集》，自序云:二十六人，诗一百四十首。今独遗郑常一人，共逸八首，不敢妄自订补。或又云孟彦深纂，非是。"（《四部丛刊初编》本《中兴间气集》卷下附）他一方面说明书中诗人的数量与高氏所说不符，另一方面说明个别诗的作者也有出入，由此可以增加读者对《中兴间气集》一书的了解。

　　赵孟奎的《〈分门纂类唐歌诗〉序》主要介绍《分门纂类唐歌诗》一书的编辑情况。赵孟奎为宋室宗亲，宋太祖十一世孙，字文耀，湖州（今浙江省湖州市）人。宝祐丙辰（1256）进士，官至秘阁修撰。本集原来规模很大，但是后来散佚颇多。原来如"朝会宫阙类""经史诗集类""城郭园庐类""仙释观寺类""服食器用类""兵师边塞类"等都已不见，唯有"天地山川类"五卷，"草木虫鱼类"六卷，共十一卷。我们从赵孟奎所写的序中可以窥其大概："……先公俾学诗，每相与讲论，叹诸家不可尽见，因发吾家藏，手出纲目，合订分类，志成此编。宦辙东西，轴属李君，足成之，旁收逸坠，募致平生所未见者，得一千三百五十三家，四万七百九十一首，大略备矣。列为若干卷，盖首尾十余年而后毕，缮而藏之。予惧成之之难，而失之之易也，行必携以自随，公暇时复倒箧翻阅。"（宛委别藏本《分门纂类唐歌诗》卷首）文中说本集"首尾十余年而后毕"，可见用时之长；又说"得一千三百五十三家，四万七百九十一首"，可见其规模非常大。清代也有文献记载此集的流传状况，一见于吴骞《拜经楼诗话》卷一："赵孟奎《分类唐歌诗》一百卷，昔人未见著录，收藏家亦绝少。明叶文庄《泾东稿》中，有《书唐歌诗残本后》，云：'仅得实存二十七卷。'盖亦不及三之一矣。文庄自言从雷景阳侍郎借钞。往予在吴门书肆，见不全宋椠十册，后有毛扆手跋，盖汲古旧藏也，楮墨极精好。此书分门纂类，赵孟奎序言：凡一千三百五十三家，四万七百九十一首，可谓广矣。孟奎字文耀，号香谷，籍贯苏州。太祖十一世孙，宝祐四年文天祥榜进士，忠惠公与筹子也。"二见于《铁琴铜剑楼藏书题跋集录》："先君见背后，余兄弟往见先生（钱谦益），问及遗书，答以宋本皆先君手授。问赵孟奎《唐歌诗》属谁，答云属康。又问施注《苏诗》，云亦属雇。先生注目视宸曰：'汝何幸也，此二书皆良书也。'"（《铁琴铜剑楼藏书题跋集录》录毛宸《书赵孟奎唐歌诗后》）可见，此集流传比较广。

上述诸文之外，还有一些唐诗序跋较为可观，如汪纲的《〈万首唐人绝句〉跋》、谌祐的《自编〈唐律诗〉序》、胡次焱的《〈赘笺唐诗绝句〉序》、李龏的《〈唐僧弘秀集〉序》、谢翱的《睦州诗派序》等。

汪纲的《〈万首唐人绝句〉跋》介绍该书的翻刻状况："《唐人绝句诗》凡一百一卷，半刻会稽，半刻鄱阳。嘉定癸未，新安汪纲守越，遂拓鄱阳本并刻之，使合而为一。既毕工，姑识其末。"（文学古籍刊行社 1959 年影印明嘉靖刻本《万首唐人绝句》卷末）从中可见此书非刻于一地，而是"半刻会稽，半刻鄱阳"，最后合二为一。读者由此可以进一步了解《万首唐人绝句》一书的版本状况。

谌祐的《自编〈唐律诗〉序》写法特别，首先以军事切入，以诗律比兵法："诗谓之律则，必如《月令》之律，气候不差；又如牧野之六伐七伐，如楚子之左广右广，如养叔之射一矢，复命州绰之射两矢夹脰，然后可谓之律。又必如淮阴之出井陉，亚夫之壁昌邑，如大将军之翼绕匈奴，李临淮之号令一新，风云百倍，然后可谓之律。故曰：'师出以律，否臧，凶。'苟合乎律，则岂独棘端可以扞矢，月寒并州，出塞入塞，直可以却胡骑，而律其神矣……"（丛书集成初编本《隐居通议》卷六）然后转入正题，介绍此书的编辑状况："于是大合工部而下凡数百家，阵观龙蛇，势决奇正，然后知唐世尚律，一炬可攻连营，强弩不穿鲁缟，优劣可得而论矣……"（丛书集成初编本《隐居通议》卷六）还是以兵事谈诗律。在南宋唐诗序跋中，此文实属另类。

胡次焱的《〈赘笺唐诗绝句〉序》是为其所编撰的《赘笺唐诗绝句》一书所写。胡氏对谢枋得编撰的《注解选唐诗》再加笺释，编成《赘笺唐诗绝句》一书，此序专门介绍该书的编辑状况："叠翁注《章、涧二泉先生选唐绝句》，次焱不自黯陋，复为赘笺。客或谓曰：'叠翁所注，博洽正大，真足以淑人心，扶世教，虽然作者初意未必尽出于此也。子复赘笺，不愈支离乎？'次焱曰：'何伤乎？于以见义理之无穷也。'……客谓予赘笺为愈支离，无所逃罪，若叠翁注训，固未敢确然，以为尽得作者初意，亦未敢确然，以为尽非作者初意，其大要主于淑人心，扶世教云耳。客无以诘，遂题卷末。己丑中秋，紫阳后学胡次焱济鼎书于家塾五休堂。"（文渊阁《四库全书》本《梅岩文集》卷三）由其"于以见义理之无穷也""大要主于淑人心，扶世教云耳"等语，可以推测其笺注有注重教化之意。《四库全书总目提要》卷一百六十五对此书编者、体例、版本、规模等都做了介绍和说明，又特别指出："其书不传，无由验其工拙，然亦足见次焱研心诗学，非苟作者矣。"读者于此可知此书概貌，更会加深对胡氏此序的了解。

李龏的《〈唐僧弘秀集〉序》是为他自己编辑的《唐僧弘秀集》一书而作。李龏曾选唐代释子之诗，选入皎然、灵澈、惟审、护国、无可、清塞、文益、可止、清江、法照、宝月、广宣、贯休、齐己、无本、修睦、无闷、太易、景云、法振、栖白、隐峦、处默、卿云、栖一、澹父、良义、若虚、云表、昙域、子兰、僧鸾、怀楚、惠标、可朋、怀浦、慕幽、善生、亚栖、尚颜、栖蟾、理莹、归仁、玄宝、虚中、慧侃、法宣、文秀、僧泚、清尚、智暹等 52 家，诗共 500 首，编成《唐僧弘秀集》，此为书前之序。序中首先说明唐僧人诗之盛况："诗至唐为盛，唐之诗僧亦盛。唐一代为高道、为内供奉、名弘才秀者，三百年间，今得五十二人，诗五百首。"接下来介绍此书的编辑方式："或取于各僧本集，或出于诸家纂录，皆有拔山之力、搜海之功，风制不尘，一字弗赘，发音雄富，群立峥嵘，名曰《唐僧弘秀集》，不敢藏于巾笥，刊梓用传。"（文渊阁《四库全书》本《唐僧弘秀集》卷首）《四库全书总目提要》一书中说："此所选唐代释子之诗，自皎然以下凡五十二人，诗五百首。前有宝祐六年龏《自序》，采撷颇富，而亦时有不检。"这里指出此书的不足，即有粗糙之处。

谢翱的《睦州诗派序》是为翁衡的《睦州诗派》一书而

作。文中说："……唯新定自元和至咸通间以诗名凡十人，视他郡为最。施处士肩吾、方先生干、李建州频、喻校书凫世，并有集。翁征君洮有集藏于家。章协律八元、徐处士凝、周生朴、喻生坦之并有诗，见唐《间气》及《文苑》诸书。皇甫推官以文章受业韩门。翱客睦，与学为诗者，推唐人以至魏汉，或解或否，无以答。友人翁衡取十先生编为集，名曰《睦州诗派》，以示翱，翱曰：'子，睦人也，请归而求之，毋贻皇甫氏所云舍近而寻远，则诗或在是矣。'"（明万历四十六年刻本《晞发集》卷八）从这篇序文中可看出晚唐时期睦州诗风之盛，诗人辈出，另外可以了解到此序是应其友人翁衡之邀而作。翁氏将晚唐的施肩吾、方干、李频、翁洮、章八元、徐凝、周朴、喻凫、喻坦之、皇甫湜十位诗人的作品编辑成书，名为《睦州诗派》，特别请谢翱作序，于是便有此文。

　　如果我们对北宋、南宋有关唐诗的序跋再做进一步搜索，还会有新的发现。不过，仅凭上述这些，就足以使我们大开眼界，领略到宋人对唐诗的关注程度，以及宋代唐诗研究的盛况。

三

　　客观地说，宋代唐诗序跋的理论价值和文献价值是毋庸置疑的。到目前为止，相近与相关的研究已经有很大进展。如梅华的《宋代文集序跋研究》（西北大学 2014 年博士论义）、于瑞娟的《宋代词集序跋研究》(广西师范学院 2011 年硕士论文)、任文京的《唐宋诗序跋研究》(人民出版社 2016 年 5 月版)、曾枣庄和刘琳主编的《全宋文》(上海辞书出版社、安徽教育出版社 2006 年 8 月版)、曾枣庄主编的《宋代序跋全编》(齐鲁书社 2015 年 11 月版)、陈伯海主编的《唐诗汇评》(浙江教育出版社 1996 年 5 月版) 及《唐诗论评类编》(上海古籍出版社 2015 年 11 月版)、许总的《唐诗史》(江苏教育出版社 1994 年 6 月版)、杨世明的《唐诗史》(重庆出版社 1996 年 10 月版)、管雄的《隋唐诗歌史论》(南京大学出版社 1990 年 3 月版)、赵谦的《唐七律艺术史》(文津出版社 1992 年 9 月版)、王锡九的《唐代的七言古诗》(江苏教育出版社 1991 年 7 月版)、周啸天的《唐绝句史》(安徽大学出版社 1999 年 4 月版)、罗宗强的《隋唐五代文学思想史》(上海古籍出版社 1986 年 8 月版)、王运熙和杨明的《隋唐五代文学批评史》(上海古籍出版社 1994 年 10 月版),都是很有价值的研究著作和研究资料。

不过,从总体状况上看,在这方面还有很长的路要走。一是研究资料还需要进一步挖掘和整理;二是研究工作还需要进一步深入。就目前的情况来看,研究资料的挖掘与整理需要先行,因为这是研究的基础。

第三章　丝绸之路上的唐诗

在新疆维吾尔自治区博物馆的墙壁上，我们看到《唐代丝绸之路示意图》，其中在丝绸之路东部起始点上特别加重标注"洛阳"。旁边的文字说明非常清楚："起始于洛阳，越河西走廊抵达西域，沿戈壁绿洲和帕米尔高原，通过中亚、西亚和北非，最终抵达非洲和欧洲的东西交通大道，成为古代东、西方进行政治、经济、文化交流的大动脉。因通过这条道路贸易的珍奇货物以中国丝绸影响最大，德国地理学家李希霍芬把它命名为'丝绸之路'。"丝绸之路起于汉，盛于唐，是中华民族历史上闪亮的风景线，它不仅是传播之路、友谊之路、发展之路，在中国文化史上占有极高的地位，而且这繁荣经济的道路也为唐代诗文的发展补充了能量，增添了色彩。从现存的历史文献中，我们可以看到唐代丝绸之路的盛况，唐人贾耽在其《进海内华夷图及古今郡国县道四夷述表》中描述当时大唐疆域之辽阔："然殷周以降，封略益明。承历数者八家，浑区宇者五姓，声教所及，唯唐为大。秦皇罢侯置守，长城起于临洮；孝武却地开边，障塞限于鸡鹿。东汉则哀牢请吏，西晋则裨离结辙。隋室列四郡于卑和海西，创三州于扶南江北，辽阳失律，因而弃之。高祖神尧皇帝诞膺天命，奄有四方。太宗继明重熙，柔远能迩，逾大碛通道，北至仙娥，于骨利干置元阙州。高宗嗣守丕绩，克广前烈，遣单车赍诏，西越葱山，于波刺斯立疾陵府……"《唐大诏令集》中记载当时的丝绸之路的状况是："伊吾之右，波斯以东，职贡不绝，商旅相继。"宋人司马光在《资治通鉴》第二百一十六卷中更具体描述丝绸之路的盛况："是时（唐天宝十二年，癸巳，公元 753 年）中国盛强，自安远门西尽唐境凡万二千里，闾阎相望，桑麻翳野，天下称，富庶者无如陇右。翰每遣使入奏，常乘白橐驼，日驰五百里。"国势的强盛、丝绸之路的繁荣，对唐代的文士产生极大的吸引力，激发了几代人昂扬向上的进取精神，他们或从军，或游边，或奉使，五光十色、八面来风的丝绸之路，成为众多唐代文士的关注点，谱写出壮丽的篇章。这样，丝绸之路上的自然风光、商旅往来、民族融合、文化交流等，千态万状都在唐人诗文中得到生动的反映，成为中国文化史上的一大景观。

一

唐代是诗歌的黄金时代，丝绸之路上的种种景观在唐诗中得到了艺术的再现，成就了唐代诗歌中的一个重要流派——边塞诗派。这一派诗人是诗坛上描写丝绸之路种种生活景观的主体，此外，还有其他众多诗人也加入了这一合唱。

自从汉代丝绸之路开启之后，描写这一东西交通线上的种种事件的诗歌便不时出现，当时，主要的题材是战争。我国是一个多民族国家，在其形成与发展过程中经过了长期的斗争和融合的过程，由此便出现征战与戍守的武力对抗，描写战争、反映征戍生活的诗作便应运而生。如反映刘邦被困平城的《平城歌》、汉武帝时出征匈奴的《战城南》等都属此类。

魏晋南北朝之际，用乐府写边塞征战的诗歌更为多见，而且很多都是与西域及丝绸之路相关。如《从军行》《度关山》《关山月》《出塞》《入塞》之类乐府旧题与歌行体等都经常触及西域与丝绸之路的各个方面，如魏陈琳的《饮马长城窟行》、左延年的《从军行》等反映边塞战争给家庭带来的不幸及其他社会问题；南朝宋吴迈远的《胡笳曲》、南朝梁吴均的《战城南》《胡无人行》等表达壮士忠君报国的思想。此外如南朝宋鲍照的《代出自蓟北门行》、北周王褒的《饮马长城窟》等又表现出边地战争之紧急、边地环境之苦寒，而南朝梁吴均的另一首《战城南》则表现其渴望和平、边塞平静的思想。其中描写边地苦寒、表现对戍卒辛劳苦难的同情可以说是传统的主题，对此，钟嵘有一个很好的总结，他说几代边塞诗"或骨横朔野，或魂逐飞蓬；或负戈外戍，或杀气雄边；塞客衣单，孀妇泪尽"（《诗品·总论》）。我们看下面几首诗，虽时代不同，但主题相近：

　　苦哉边地人，一岁三从军。

　　三子到敦煌，二子诣陇西。

　　五子远斗去，五妇皆怀身。

　　　　——左延年《从军行》

　　苦哉远征人，飘飘穷四遐。

　　南陟五岭巅，北戍长城阿。

　　深谷邈无底，崇山郁嵯峨。

　　奋臂攀乔木，振迹涉流沙。

　　隆暑固已惨，凉风严且苛。

　　夏条集鲜藻，寒冰结冲波。

　　胡马如云屯，越旗亦星罗。

　　飞锋无绝影，鸣镝自相和。

　　朝食不免胄，夕息常负戈。

　　苦哉远征人，拊心悲如何！

　　　　——陆机《从军行》

苦哉远征人，毕力干时艰。

秦初略扬越，汉世争阴山。

地广旁无界，岩阿上亏天。

峤雾下高鸟，冰沙固流川。

秋飙冬未至，春液夏不涓。

闽烽指荆吴，胡埃属幽燕。

横海咸飞骊，绝漠皆控弦。

驰檄发章表，军书交塞边。

接镐赴阵首，卷甲起行前。

羽驿驰无绝，旌旗昼夜悬。

卧伺金柝响，起候亭燧燃。

逖矣远征人，惜哉私自怜。

——颜延之《从军行》

惜哉征夫子，忧恨良独多。

浮天出鲲海，束马渡交河。

雪萦九折嶝，风卷万里波。

维舟无夕岛，秣骥乏平莎。

凌涛富惊沫，援木阙垂萝。

江飚鸣叠屿，流云照层阿。

玄埃晦朔马，白日照吴戈。

寝兴动征怨，寤寐起还歌。

晨装岂辍警，夕垒讵淹和。

苦哉远征人，悲矣将如何！

——沈约《从军行》

这四首诗虽属于不同的时代，但在形式上都是用乐府《从军行》的体式，题材多取自西域丝绸之路，内容上都是着重描写征夫之悲愁、边地之苦寒，表现出对征戍士卒的同情。

隋朝国祚虽短，但边塞诗也有一定规模，反映丝绸之路一带边塞生活的诗歌也不乏作者。其中杨素的《出塞》诗就较为著名。如"兵寝星芒落，战解月轮空。严镳息夜斗，骍角罢鸣弓。北风嘶朔马，胡霜切塞鸿"，描写逼真，境界苍茫豪壮。薛道衡的边塞诗也很有特色，如其《出塞》中"绝漠三秋暮，穷阴万里生。寒夜哀笳曲，霜天断雁声"数句描写边地苦寒景象极为生动。虞世南的边塞诗也较为可观，其《出塞》中有云："雪暗天山道，冰塞交河源。雾烽黯无色，霜旗冻不翻。耿介倚长剑，日落风尘昏。"其描写丝绸之路北道艰苦的环境真实可感。卢思道的边塞诗更为成熟，其思想性、艺术性都十分突出，对初、盛唐歌行体边塞诗有直接影响，如其《从军行》借用汉乐府旧题与汉代故事描写边塞生活，写出征将士的军威："朔方烽火照甘泉，长安飞将出祁连。犀渠玉剑良家子，白马金羁侠少年。"不过，像这样思想性、艺术性均为上乘的诗作在当时比较少见。

　　唐王朝经济繁荣，国力强盛，开疆拓土，军威四震，国威远扬，边塞战争取得一个又一个振奋人心的胜利，西域交通更加发达，丝绸之路更为畅通，极大地激发了人们的爱国精神、尚武精神，极大地增强了人们的民族自信心和自豪感，营造了人们向往边塞、向往军功的浓烈的社会氛围，而走向西域，踏上丝绸之路更是人们的重要选择之一。同时，在强盛的国势之下，很多人本来就强烈地追求"济苍生""安社稷"的理想，追求非凡的生活、非凡的功业，尽管当时人们可以通过多种途径进入仕途，施展抱负，如通过科举考试、上书献策、自高身价的"终南捷径"，可是从军边塞，走向丝绸之路，领略奇异的西域风光，建立雄伟壮烈的军功仍是当时士人比较普遍的理想，就连文人书生也渴望出入边塞，习武知兵，向往兵马弓刀的生涯。这样，丝绸之路作为唐代边塞的主要方向和地点就成为唐代文士的重要关注点，很多文士从各个层面、各个角度表现这一东西进行政治、经济、文化交流的大动脉上所出现的种种现象，而且出现了一个非常特殊的现象，文士表现出好勇尚武，有些重武轻文的情绪，如下面的诗句中就表现了这种心态：

　　　　虏地寒胶折，边城夜析闻。

　　　　兵符关帝阙，天策动将军。

　　　　塞静胡笳彻，沙明楚练分。

风旗翻翼影，霜剑转龙文。

白羽摇如月，青山断若云。

烟疏疑卷幔，尘灭似销氛。

投笔怀班业，临戎想顾勋。

还应雪汉耻，持此报明君。

——骆宾王《宿温城望军营》

银山碛口风似箭，铁门关西月如练。

双双愁泪沾马毛，飒飒胡沙逆人面。

丈夫三十未富贵，安能终日守笔砚。

——岑参《银山碛西馆》

将军夸胆气，功在杀人多。

对酒擎钟饮，临风拔剑歌。

翻师平碎叶，掠地取交河。

应笑孔门客，年年羡四科。

——张乔《赠边将》

　　由于存在这种浓烈的向往边塞军功的氛围，再加上出身寒微的文士仕进光凭科举那一条独木桥不行，从军边塞不失为另一条较好的出路，由此刺激很多文人志士走向西域，踏上丝绸之路。同时，边塞诗本身也源远流长，有一个久远的传统，发展到隋唐时期不仅形式具备，而且艺术手法也已比较成熟，足资借鉴。此时又迎来唐代丝绸之路的繁荣，来往西域交通的发达，为唐代边塞诗提供了肥沃的土壤，促进了唐代的边塞诗迅速发展，由此形成文学史上边塞诗的高峰，为历代所不及。

首先，从题材的广泛和思想的深度上看，表现西域丝绸之路各个层面状况的唐代边塞诗远远超过中国历史上的任何一代。

如前所述，自先秦至隋代，边塞之作历代不乏，但其题材和思想内容大都不出钟嵘所概括的范围，无非是"骨横朔野""魂逐飞蓬"之惨，"负戈外戍""杀气雄边"之气，"塞客衣单，孀妇泪尽"之悲。唐代边塞诗人虽然也有不少类似的题材和内容，表现出对传统题材继承的一面，不过更突出的是题材的大力开拓、思想认识的大大加深。下面择要述之。

其一，唐代诗人在描写西域丝绸之路方面的各种事件，特别是边塞战争之时，明显表现出谨慎边战与守疆息兵的思想内容。唐代诗人虽有向往边塞军功的一面，但他们对战争的认识是清醒的，识见之深超过以往各代，不少人都有谨慎边战与守疆息兵的思想主张，下面两首诗便是代表作：

去年战，桑干源；

今年战，葱河道。

洗兵条支海上波，放马天山雪中草。

万里长征战，三军尽衰老！

…………

士卒涂草莽，将军空尔为。

乃知兵者是凶器，圣人不得已而用之。

——李白《战城南》

挽弓当挽强，用箭当用长。

射人先射马，擒贼先擒王。

杀人亦有限，立国自有疆。

苟能制侵陵，岂在多杀伤。

——杜甫《前出塞九首·其六》

　　李白之作表现了边塞战争的残酷、将士的艰辛，这与传统边塞诗并无多大区别，但其"乃知兵者是凶器，圣人不得已而用之"则识见超卓，表现出谨慎边战的思想，见识深刻，非前人边塞诗可比。杜甫之作前四句措辞精美又含有深刻哲理，本已具有深刻的启发性，而后四句表现他对边塞战争的态度尤为可取：反对侵凌，反对杀戮，主张守疆息兵，这是前人边塞之作中所没有的。

　　其二，有些描写西域丝绸之路上边塞战争的诗歌，没有民族偏见，比较客观地反映边塞战争给双方人民带来的共同苦难，并且还注意总结历史教训。应该说，这类边塞诗具有相当高的思想价值。下面两首诗便是如此：

白日登山望烽火，黄昏饮马傍交河。

行人刁斗风沙暗，公主琵琶幽怨多。

野云万里无城郭，雨雪纷纷连大漠。

胡雁哀鸣夜夜飞，胡儿眼泪双双落。

闻道玉门犹被遮，应将性命逐轻车。

年年战骨埋荒外，空见蒲桃入汉家。

　　　　——李颀《古从军行》

长安少年无远图，一生唯羡执金吾。

麒麟前殿拜天子，走马为君西击胡。

胡沙猎猎吹人面，汉虏相逢不相见。

遥闻鼙鼓动地来，传道单于夜犹战。

此时顾恩宁顾身，为君一行摧万人。

壮士挥戈回白日，单于溅血染朱轮。

回来饮马长城窟，长城道傍多白骨。

问之耆老何代人，云是秦王筑城卒。

黄昏塞北无人烟，鬼哭啾啾声沸天。

无罪见诛功不赏，孤魂流落此城边。

当昔秦王按剑起，诸侯膝行不敢视。

富国强兵二十年，筑怨兴徭九千里。

秦王筑城何太愚，天实亡秦非北胡。

一朝祸起萧墙内，渭水咸阳不复都。

——王翰《饮马长城窟行》

　　李颀的《古从军行》反映残酷的边塞战争给汉族和少数民族都带来深重的灾难，造成巨大的痛苦，这已远远超出传统边塞题材的藩篱，有深刻的思想意义。同时诗人又揭示了最高统治者的残暴和寡恩，并总结出扩边战争得不偿失的深刻历史教训，识见尤为高远。

　　王翰之作前一部分着力描写长安少年赴边从军，忘死报君，而后笔锋一转，先揭示边塞征戍之苦，然后又借古喻今，暗讽最高统治者开边"筑怨"之愚，揭示出祸患不在边塞而在萧墙之内，其见解十分精辟，可以说是发前人之所未发，难能可贵。

　　其三，有些涉及边塞的诗作曲折地表现出盲目赴边的悔恨之情。如王昌龄《从军行》中便有"早知行路难，悔不理章句"的诗句，表现出当时文士立功边塞的理想破灭后的悔恨心理。有时这种思想是借助思妇表现出来的，如王昌龄的《闺怨》：

闺中少妇不知愁，春日凝妆上翠楼。

忽见陌头杨柳色，悔教夫婿觅封侯。

　　少妇大起大落的情绪一方面反映了思念远戍亲人的幽怨，另一方面也反映了包括诗人自己在内的赴边求功不得的人们那种后悔的心理状态，这是传统边塞诗中不多见的。

其四，有些诗作揭示将帅骄奢淫逸、军中黑暗不平的状况。如岑参的《卫节度赤骠马歌》写卫伯玉骏马的配备"红缨紫鞚珊瑚鞭，玉鞍锦鞯黄金勒"，并慨叹"始知边将真富贵，可怜人马相辉光"。再如其《玉门关盖将军歌》：

> 盖将军，真丈夫。
>
> 行年三十执金吾，身长七尺颇有须。
>
> 玉门关城迥且孤，黄沙万里白草枯。
>
> 南邻犬戎北接胡，将军到来备不虞。
>
> 五千甲兵胆力粗，军中无事但欢娱。
>
> 暖屋绣帘红地炉，织成壁衣花氍毹。
>
> 灯前侍婢泻玉壶，金铛乱点野酡酥。
>
> 紫绂金章左右趋，问着即是苍头奴。
>
> 美人一双闲且都，朱唇翠眉映明眸。
>
> 清歌一曲世所无，今日喜闻凤将雏。
>
> 可怜绝胜秦罗敷，使君五马谩踟蹰。
>
> 野草绣窠紫罗襦，红牙镂马对樗蒲。
>
> 玉盘纤手撒作卢，众中夸道不曾输。
>
> 枥上昂昂皆骏驹，桃花叱拨价最殊。
>
> 骑将猎向城南隅，腊日射杀千年狐。
>
> 我来塞外按边储，为君取醉酒剩沽。

醉争酒盏相喧呼，忽忆咸阳旧酒徒。

这首诗中的"灯前侍婢泻玉壶，金铛乱点野酡酥"两句委婉地揭露出盖庭伦在生活上的豪华与奢侈，带有一定的讽谏意味。

其五，即使是传统的表现戍边报国的英雄主义和爱国主义的题材，在唐代诗人笔下也尤为痛快淋漓，深刻有力，而且别具新意。下面几首诗便是其中的代表：

万里奉王事，一身无所求。

也知塞垣苦，岂为妻子谋。

——岑参《初过陇山途中呈宇文判官》

青海长云暗雪山，孤城遥望玉门关。

黄沙百战穿金甲，不破楼兰终不还。

——王昌龄《从军行七首·其四》

昔送征夫苦，今送征夫乐。

寒衣纵携去，应向归时著。

天子待功成，别造凌烟阁。

——刘驾《送征夫》

这三首诗中第一首所表现的是无私的报国、爱国之情，令人钦佩，同时又洋溢着昂扬奋发的气概，充满乐观精神，充分反映了盛唐气象、时代精神。第二首表现戍边将士不畏艰险，勇往直前，不达目的决不罢休的英雄气概和报国之志。第三首尤为别致，历来送别征夫之作无不柔肠寸断，痛不欲生，哀怨凄绝至极，格调苦涩，而这首诗则开朗乐观，令人振奋，毫无缠绵悱恻之态，实在新奇可喜。

其六，描写边地生活，特别是丝绸之路上的奇异风光，唐代诗人比前人更有新意。如李白《塞下曲六首·其一》中"五月天山雪，无花只有寒"，给人以奇异之感；王维《使至塞上》中"大漠孤烟直，长河落日圆"，是诗如画，别有天地；岑参《赵将军歌》中"九月天山风似刀，城南猎马缩寒毛。将军纵博场场胜，赌得单于貂鼠袍"，场景融洽，十分动人。看来边塞也并非总是血肉横飞、刀光剑影。在这方面最有代表性的应该说是边塞诗派的代表诗人岑参，请看他的两首诗：

> 侧闻阴山胡儿语，西头热海水如煮。
>
> 海上众鸟不敢飞，中有鲤鱼长且肥。
>
> 岸旁青草长不歇，空中白雪遥旋灭。
>
> 蒸沙烁石燃虏云，沸浪炎波煎汉月。
>
> ············
>
> ——《热海行送崔侍御还京》

北风卷地白草折，胡天八月即飞雪。

忽如一夜春风来，千树万树梨花开。

…………

——《白雪歌送武判官归京》

　　第一首描写热海（今吉尔吉斯斯坦伊塞克湖，水咸不冻）奇特极了，有点不可思议。第二首以梨花比喻枝头白雪，比喻新颖，想象奇特，出人意表，使人在寒气逼人之时领略到春到人间的新鲜喜悦之感，实在巧妙极了，这是前人边塞诗无法比拟的。

　　其次，从艺术上看，唐代边塞诗，特别是写到丝绸之路各个层面的作品成就也是过去任何一个时代都不能相比的。唐人以律诗或绝句来反映边塞生活，在短短的八行、四行诗中能够表现出深刻的主题，创造出深远的意境，容量大而且含蓄蕴藉，又声律谐和、优美动听，实在前无古人，也使后世叹为观止。我们看下面几首小诗：

秦时明月汉时关，万里长征人未还。

但使龙城飞将在，不教胡马度阴山。

——王昌龄《出塞》

黄河远上白云间，一片孤城万仞山。

羌笛何须怨杨柳，春风不度玉门关。

————王之涣《凉州词》

月黑雁飞高，单于夜遁逃。

欲将轻骑逐，大雪满弓刀。

————卢纶《塞下曲·其三》

这几首小诗高昂、明朗、壮阔，骨气端翔，音情顿挫。既句新意美，又精悍异常，具有极强的概括力，其意象、气概只能属于唐人。同时，我们不能不说，这类诗作很多题材都来源于丝绸之路。

二

与唐诗相比，唐文中描写丝绸之路更为直接。有的是作者行经丝绸之路的实录，有的虽然不是亲历，但是其间接得到的信息也比较真实。

从历史上看，对丝绸之路有真实客观描述的，最早的应是《汉书·西域传》："自玉门、阳关出西域有两道。从鄯善傍南山北、波河西行至莎车，为南道；南道西逾葱岭则出大月氏、安息。自车师前王廷随北山、波河西行至疏勒，为北道；北道西逾葱岭则出大宛、康居、奄蔡焉耆。"文章具体介绍了当时丝绸之路的两条路线：南道和北道。接下来是隋人裴矩，他对丝绸之路的描述特别清楚："（丝绸之路）发自敦煌，至于西海，凡为三道，各有襟带。北道从伊吾，经蒲类海，铁勒部，突厥可汗庭，度北流河水，至拂菻国，达于西海；其中道从高昌、焉耆、龟兹、疏勒，度葱岭，又经钹汗、苏对沙那国、康国、曹国、何国、大小安国、穆国，至波斯，达于西海；其南道从鄯善、于阗、朱俱波、喝盘陀，度葱岭，又经护密、吐火罗、悒怛、帆延、漕国，至北婆罗门，达于西海。其三道诸国，亦各自有路，南北交通……故知伊吾、高昌、鄯善，并西域之门户也。总凑敦煌，是其咽喉之地。"（《隋书·裴矩传》）文章清晰地描画出以敦煌为枢纽的丝绸之路通向西域的三条路线。

到了唐代，关于丝绸之路的描述更加清晰，而且其各个层面的状况都得到比较充分的反映。其中比较著名的文章如常愍《历游天竺记》、道宣《释迦方志遗迹篇》、圆照《悟空入竺记》、贾耽《皇华四达记》、佚名《使吐蕃行记》、李宪《入蕃道里记》、刘元鼎《使吐蕃经见纪略》、王玄策《中天竺国行记》、佚名《经田及游记》、韩琬《南征记》、吕向《金刚智行记》、佚名《西域行记》、佚名《海南诸蕃行记》、杜环《经行记》、平居诲《于阗国行程录》、释玄奘《大唐西域记》，都是珍贵的文献资料。如道宣《释迦方志·遗迹篇》描述经由丝绸之路南道去印度的路径，非常清晰：

　　自汉至唐往印度者，其道众多，未可言尽。如后
所纪，且依大唐往年使者，则有三道，依道所经，具
睹遗迹，即而序之。

　　其东道者，从河州西北度大河，上曼天岭，减
四百里至鄯州。又西减百里至鄯城镇，古州地也，又
西南减百里，至故承风戍，是随互市地也。又西减
二百里，至清海，海中有小山，海周七百余里，海西
南至吐谷浑衙帐。又西南至国界，名白兰羌。北界至
积鱼城，西北至多弥国，又西南至苏毗国，又西南至
敢国，又南少东至吐蕃国，又西南至小羊同国，又西
南度呾仓法关，吐蕃南界也。又东少南，度末上加三
鼻关，东南入谷，经十三飞梯、十九栈道。又东南或
西南，缘葛攀藤，野行四十余日，至北印度尼波罗国。

　　其中道者，从鄯州东川行百余里，又北出六百
余里，至凉州，东去京师二千里，从凉州西而少北
四百七十里至甘州，又西四百里至肃州，又西少北
七十五里，至故玉门关，关在南北山间。又西减四百
里至瓜州。又西南入碛，三百余里至沙州。又西南入
碛，七百余里至纳缚波故国，即娄兰地，亦名鄯善。
又西南千余里，至析摩陀那故国，即咀末地。又西
六百余里，至都罗故国，皆荒城耳。

…………

其北道入印度者，从京师西北行三千三百余里，至瓜州。又西北三百余里，至莫贺延碛口。又西北八百余里，出碛，至柔远县。又西南百六十里，至伊州。又西七百余里，至蒲昌县。又西百余里，至西州，即高昌故地，汉时宜禾都尉所治处也。后沮渠凉王避地于彼，今为塞内。又西七百余里，至阿耆尼国。东西六百余里，南北四百余里，都城周六七里，僧寺十余，二千余人，并学小乘说一切有，戒行精勤；食三净肉。从此黑岭，胡类群分，重财轻义，无礼无敬，妇尊夫卑，良贱一等，吉素凶皂，以为服制。又西南行二百余里，逾一小山，越二大河，川行七百余里……

这是关于经由丝绸之路去印度三条路线的描述，很明显，这比前人的描述更加具体、详细，是有关丝绸之路研究方面不可多得的文献资料。再如中唐时期的文学家兼地理学家贾耽，其关于地理学方面的著述颇丰，有《地图》十卷、《皇华四达记》十卷、《古今郡国县道四夷述》四十卷、《关中陇右山南九州别录》六卷、《贞元十道录》四卷、《吐蕃黄河录》四卷、《备急单方》一卷等，其中《皇华四达记》中对丝绸之路交通路线的描述也十分详细：

于阗西五十里有苇关。又西经勃野，西北渡系馆河，六百二十里至郅支满城，一曰碛南州。又西北经苦井、黄渠，三百二十里至双渠，故羁饭馆也。又西北经半城，百六十里至演渡州，又北八十里至疏勒镇。自疏勒西南入剑末谷、青山岭、青岭、不忍岭，六百里至葱岭守捉，故羁盘陀国，开元中置守捉，安西极边之戍。有宁弥故城，一曰达德力城，曰汗弥国，曰拘弥城。于阗东三百九十里，有建德力河，东七百里有精绝国。于阗西南三百八十里，有皮山城，北与姑墨接。冻凌山在于阗国西南七百里。又于阗东三百里有坎城镇，东六百里有兰城镇，南六百里有胡弩镇，西二百里有固城镇，西三百九十里有吉良镇。于阗东距且末镇千六百里。自焉耆西五十里过铁门关，又二十里至于术守捉城，又二百里至榆林守捉，又五十里至龙泉守捉，又六十里至东夷僻守捉，又七十里至西夷僻守捉，又六十里至赤岸守捉，又百二十里至安西都护府。

又一路自沙州寿昌县西十里，至阳关故城。又西至蒲昌海南岸千里。自蒲昌海南岸，西经七屯城，汉伊修城也。又西八十里至石城镇，汉楼兰国也，亦名鄯善，在蒲昌海南三百里，康艳典为镇使以通西域者。

又西二百里至新城，亦谓之弩支城，艳典所筑。又西经特勒井，渡且末河，五百里至播仙镇，故且末城也。高宗上元中更名。又西经悉利支井、祆井、勿遮水，五百里于阗东兰城守捉。又西经移杜堡、彭怀堡、坎城守捉，三百里至于阗。

阅读此文，可以清楚地了解到唐代丝绸之路南道和中道的交通路线，从中还可以了解到南道与中道之间的连接路径，其中对路途的远近和沿途的西域国家也有描绘，进一步开阔了读者的眼界。

除了这些文章之外，《旧唐书》中的列传部分也涉及丝绸之路上的一些状况，如《旧唐书》列传第一百四十四《突厥上》，《旧唐书》列传第一百四十四《突厥下》，《旧唐书》列传第一百四十五《回纥》，《旧唐书》列传第一百四十六《吐蕃上》，《旧唐书》列传第一百四十六《吐蕃下》，《旧唐书》列传第一百四十八《西戎》等分别介绍西域各国的产生、发展、沿革，有助于人们对丝绸之路有更深入的了解。尤其是《旧唐书》列传第一百四十八《西戎》部分，具体介绍了丝绸之路所经由的泥婆罗、党项羌、高昌、吐谷浑、焉耆、龟兹、疏勒、于阗、天竺、罽宾、康国、波斯、拂菻、大食十四个国家的状况，是我们了解唐代西域和丝绸之路不可多得的文献资料。

三

在描述和反映唐代丝绸之路的文献中，唐诗和唐文具有特殊的价值和意义，对于我们认识和了解丝绸之路的历史面貌、特殊地位和作用都有着不可替代的作用。然而随着时间的流逝、社会的变迁，其他有关丝绸之路的历史文物多已消失，仅有的一点也已经残破不全，而记载、描述丝绸之路历史、反映其繁荣状况的唐代诗文还可以搜集、整理，借助这些材料，我们可以比较清楚地回顾、认识和了解丝绸之路的历史价值。

今天，我国政府继往开来，倡导"一带一路"的世纪工程，这正是继承和发扬了中国古代丝绸之路的自信和开放的传统，是世界合作发展、构建新文明时代的崭新理念和宏伟目标，更是一种内生的战略自觉。无论是道路联通、贸易畅通、货币流通，还是建构全球产业链深度合作的产业网、技术进步与科技交流的智慧网，都是在围绕全球新文明时代来谋篇布局。其目标不仅是在我们国内物畅其流，政通人和，而且是要在全世界范围内互利互惠，共同发展。所以，在这个时候重温唐五代文人学士有关丝绸之路的诗文具有特殊的现实意义，它会对我们今天的"一带一路"建设提供经验和参照，从而把这一世纪工程做得更好，真正实现中华民族的伟大复兴。

但是，就目前的情况而言，有关唐五代文人学士描述和反映丝绸之路诗文的整理和研究还很不够：一方面是相关文献的收集、整理和编辑还不成规模，更不成体系，大都湮没在故纸堆之中；另一方面，对唐诗、唐文中有关丝绸之路研究的价值和意义的认识还不够深刻。所以，与"一带一路"世纪工程热火朝天地开展这一状况相比，我们在整理、发掘历史上丝绸之路的文化遗产方面显然是滞后的，应该补上这一课。

第四章　杜诗评点笺注说解海外藏版

在中国诗歌发展的历史长河中，杜甫在现实主义诗歌创作领域中具有极高的历史地位，是其后历代诗人取法的典范。千百年来，李、杜并称，他们二人分别在浪漫主义和现实主义诗歌创作中达到了后人难以企及的巅峰状态，是中国诗学的千古宗师。

一

早在唐代，人们就对杜甫在诗歌创作上的成就和地位做了全面的总结。如韩愈在《调张籍》中用形象的语言评价杜甫和李白："李杜文章在，光焰万丈长。不知群儿愚，那用故谤伤？

蚍蜉撼大树，可笑不自量。"（《四部丛刊》影印元刻本朱文公校《昌黎先生集》卷五）他一方面指出李白、杜甫在诗歌史上的崇高地位，另一方面对诽谤、中伤者进行讽刺和批判。中唐时期的元稹在其《唐故工部员外郎杜君墓系铭并序》中曾指出："至于子美，盖所谓上薄《风》《骚》，下该沈宋，古傍苏李，气夺曹刘，掩颜谢之孤高，杂徐庾之流丽，尽得古今之体势，而兼今人之所独专矣。使仲尼考锻其旨要，尚不知贵，其多乎哉？苟以为能所不能，无可无不可，则诗人以来，未有如子美者。"（中华书局校点本《元稹集》卷五六）特别揭示出杜甫在中国古代诗歌史上集大成的地位。其他如晚唐顾陶在《唐诗类选序》中说："国朝以来，人多反古，德泽广被，诗之作者继出，则有杜、李挺生于时，群才莫得而并。"（中华书局影印本《全唐文》卷七六五）特别指出杜甫在诗歌创作上的特殊地位。

到了宋代，杜甫更受推崇，其诗歌的价值和地位得到了更加深刻的认识。如苏轼在《书〈黄子思诗集〉后》一文中指出："苏、李之天成，曹、刘之自得，陶、谢之超然，盖亦至矣。而李太白、杜子美以英玮绝世之姿，凌跨百代，古今诗人尽废，然魏、晋以来，高风绝尘，亦少衰矣。李、杜之后，诗人继作，虽间有远韵，而才不逮意。"（《四库全书》本《东坡全集》卷九三）苏轼认为杜甫和李白一样"凌跨百代"，古今无人能及。其他如秦观《韩愈论》云："于是杜子美者，穷高妙之格，极豪逸之气，包冲淡之趣，兼峻洁之姿，备藻丽之态，而诸家之作所不及焉。然不集诸家之长，杜氏亦不能独至于斯也，岂非适当其时故耶？"(《四库全书》本《淮海集》卷二十二)着重指出杜甫诗歌集大成的历史地位。杨万里在《周子益训蒙省题诗序》中云："唐人未有不能诗者，能之矣，亦未有不工者，至李、杜极矣。后有作者，蔑以加矣。"(《四部丛刊》本《诚斋集》卷八三)他认为杜甫与李白之诗达到了登峰造极的地步，后人难以企及。蔡梦弼在《杜工部草堂诗笺跋》中云："少陵先生博极群书，驰骋今古，周行万里，观览讴谣，发为歌诗。奋乎《国风》《雅》《颂》不作之后，比兴相侔，哀乐交贯，揄扬叙述，妙达乎真机；美刺箴规，该具乎众体。自唐迄今，余五百年，为诗学之宗师，家传而人诵之。"(《古逸丛书》本《杜工部草堂诗笺》卷末)标举杜甫继承《诗经》的传统，成为自唐以来的诗学宗师。

元代诗学虽然不如唐、宋两代发达，但是，推崇杜甫之风依然盛行。如杨士弘在《唐音序》中云："夫诗莫盛于唐。李、杜文章冠绝万世，后之言诗者，皆知李、杜之为宗也。"(明初刻本《唐音》卷首)方回在《恢大山西山小稿序》中云："五言律、七言律及绝句，自唐始。盛唐人杜子美、李太白兼五体，造其极。"(《四库全书》本《桐江续集》卷三三)方回认为杜甫与李白在近体诗的创作上达到了巅峰状态，其他人只能望尘莫及。

在明、清两代，杜甫诗歌依然得到极力推崇。明人如高棅，对杜甫倍加推崇，其《唐诗品汇》论七古之"名家"之时有曰："若夫张皇气势，陟顿始终，综核乎古今，博大其文辞，则李、杜尚矣！"（上海古籍出版社影印明汪宗尼校订本《唐诗品汇》）他充分肯定了杜甫和李白诗歌的历史地位。其他如杨士奇，对杜甫诗歌的地位和价值有非常清楚的认识，其《玉雪斋诗集序》一文中有云："杜少陵浑涵博厚，追踪风雅，卓乎不可尚矣。一时高材逸韵，如李太白之天纵，与杜齐驱……"（文渊阁《四库全书》本《东里文集》卷五）一则说杜甫诗歌的渊源在于《诗经》，一则说杜甫诗歌的成就只有李白可以与之并驾齐驱，其他人难以望其项背。清人崇杜，与前代相比，有过之而无不及。其中特别值得注意的是最高统治者站出来为杜甫张目，如康熙皇帝就指出："杜诗对仗精严，李诗风致流丽。诚为唐诗绝调。"（王澈：《康熙十六年十二月〈南书房记注〉》，《历史档案》2001年第 1 期第 24 页）高调标榜李白、杜甫之诗。乾隆皇帝也在文章中对杜甫、李白大书特书："有唐诗人至杜子美氏，集古今之大成，为风雅之正宗，谭艺家迄今奉为矩矱，无异议者。然有同时并出，与之颉颃上下，齐驱中原，势均力敌，而无所多让，太白亦千古一人也。……李、杜二家，所谓异曲同工，殊途同归者，观其全诗可知矣。"（《唐宋诗醇·陇西李白》）他认为杜甫之诗"集古今之大成，为风雅之正宗"，其地位与李白并驾齐驱，"势均力敌"。其他人如叶燮，对杜甫诗歌的评价尤为全面、深刻："杜甫之诗，包源流，综正变。自甫以前，如汉魏之浑朴古雅，六朝之藻丽秾纤、淡远韶秀，甫诗无一不备。然出于甫，皆甫之诗，无一字句为前人之诗也。自甫以后，在唐如韩愈、李贺之奇鷔，刘禹锡、杜牧之雄杰，刘长卿之流利，温庭筠、李商隐之轻艳；以至宋、金、元、明之诗家，称巨擘者，无虑数十百人，各自炫奇翻异，而甫无一不为之开先。此其巧无不到，力无不举，长盛于千古，不能衰，不可衰者也。今之人固群然宗杜矣，亦知杜之为杜，乃合汉、魏、六朝并后代千百年之诗人而陶铸之者乎？"（上海古籍出版社《清诗话》本《原诗》卷一《内篇上》）叶燮首先从史的角度切入，揭示杜甫诗歌集大成的历史地位；然后又列举事实，深刻阐述杜甫对后世的深远影响，总体评价客观、全面，对我们认识杜甫其人其诗具有启发意义。

二

　　由于杜甫在中国诗歌史上的特殊地位，从唐五代开始，历代都有人编辑、整理杜甫诗歌，于是有关杜诗的各种版本便大量涌现。

　　首先，在唐五代时期，杜甫诗集的版本就有十多种。其中抄本、写本有《唐写本杜诗》（唐阙名抄）、《吴越写本杜诗》（五代吴越阙名抄）、《南唐抄本杜甫诗》（五代南唐阙名抄）、《旧抄本杜少陵诗》（阙名抄）等。其他版本有编撰者姓名的有《杜工部小集》（唐樊晃辑）、《杜甫集》（五代孙光宪编）。编撰者姓名不可考的有《古本杜甫集》（唐阙名编）、《杜员外集》（唐阙名编）、《杜氏诗律诗格》（唐佚名撰）、《杜甫集》（唐阙名编）、《开运官书本杜集》（五代后晋官刊本）、《蜀本杜诗》（五代阙名编）、《杜甫集略》（阙名编）、《杜员外诗集》（阙名编）等。可见，早在唐五代时期，就有多种杜诗版本流行于世。

到了宋代，杜甫备受推崇，出现"千家注杜"的特殊现象，所以杜诗的评点本、笺注本、说解本等多种版本大行于世。其中有的是独立笺注本，如《注杜子美集》（刘克撰）、《杜诗笺》（题黄庭坚撰）、《注杜诗》（邓忠臣注）、《注杜诗及文集》（鲍慎由撰）、《注杜甫诗》（洪拟撰）、《注诗史》（李歊注）、《杜诗传注》（鲁詹撰）、《杜工部诗注》（师尹注）、《注杜诗》（吴渭撰）、《杜诗事类注明》（罗烈撰）、《杜诗注》（鲍彪著）、《改正王内翰注杜工部集》（王宁祖撰）、《杜诗注释》（黄钟撰）、《杜诗注》（赵汝谈注）、《杜工部草堂诗笺》（蔡梦弼撰）、《侯氏少陵诗注》（侯仲震撰）、《杜诗注》（洪咨夔注）、《杜诗注》（高子凤注）、《续注子美诗》（杜修可撰）、《补注杜工部集》（薛苍舒撰）、《改注杜诗》（卞大亨注）。还有很多是集注本，如《新刊校定集注杜诗》（郭知达编）、《六十家注杜工部诗》（阙名集注并校刻）、《十五家注杜工部诗》（阙名集注并校刻）、《王状元集百家注编年杜陵诗史》（题王十朋集注）、《卞氏集注杜诗》（卞圆注）、《集注杜诗》（章国华集注）、《门类增广十注杜工部诗》

（阙名编）、《门类增广集注杜诗》（阙名编）、《分门集注杜工部诗》（阙名编）、《黄氏补千家集注杜工部诗史》（黄希、黄鹤补注）、《杜诗补注》（刘弥邵撰）、《杜诗补注》（陈禹锡注）、《集千家注分类杜工部诗》（徐居仁编次、黄鹤补注）、《二十家注杜甫集》（阙名集注并校刻）、《杜诗集注》（阙名集注）。评点本主要有《杜诗正异》（蔡兴宗撰）、《杜诗辨证》（洪兴祖撰）、《诸家老杜诗评》（方深道辑）、《少陵诗谱论》（鲍彪撰）、《杜诗详说》（师古撰）、《九品杜诗说正宗》（庞谦孺撰）、《集杜诗题坡老旧隐》（陆处善集）、《续老杜诗评》（方铨撰）、《批点子美诗》（谢枋得撰）。此外还有评注结合本，如《注杜诗补遗正缪》（杜田撰）、《新定杜工部古诗近体诗先后并解》（赵次公注）、《集千家注批点杜工部诗集》（刘辰翁批点，元高楚芳编辑）、《须溪评点选注杜工部诗》（刘辰翁批点，彭镜溪集注）。解读杜诗之作如《杜诗解》（陈藻撰）、《杜诗解》（陈正己撰）、《杜诗句解》（刘应登撰）、《杜诗九发》（吴泾撰）、《杜诗句外》（曾季辅撰）、《杜诗章旨》（江心宇撰）、《杜诗独得》（阙名撰）等，也有相当大的规模，可见杜诗学在宋代是特别繁荣的。

金元时期，杜甫诗歌的编辑和整理虽然不如宋代兴盛，但是在当时也是诗学领域的热点。评点、笺注、说解杜诗者大有人在，其中杜诗注本如《杜律虞注》（传为虞集撰）、《杜诗补注》（陆昌二撰）、《夹注杜诗》（陈方撰）、《杜诗类注》（刘霖撰）、《杜工部五言赵注》（赵汸撰）、《杜甫诗注》（熊钊撰）、

《杜工部诗选注》（董养性撰）、《杜诗补注》（阙名撰），近十种。评本如《杜诗学》（元好问撰）、《杜诗举隅》（俞浙撰）、《杜诗纂例》（申屠致远撰）、《跋杜诗》（吴思齐撰）、《杜陵诗律》（杨载撰）、《杜工部诗范德机批选》（范梈撰）、《杜诗诀》（曹理孙撰）、《诗史宗要》（殷惟肖撰）。虽然数量不多，但是不乏精彩之作，如元好问《杜诗学》关于杜诗成就、地位等方面的评论颇有独到见解，在杜诗学的历史上占有重要地位。

明代关于杜甫诗歌的整理相当繁荣，各种整理本不胜枚举。比较而言，笺注本最多，可以细分为个人专门注释、集注、分体注释等几类。其中个人专门注释版本较多，主要有《杜诗全集注》（苏希栻撰）、《杜诗三百篇注》（黄淮集，范观撰）、《杜诗风绪笺》（黄养正撰）、《杜律选注》（萧鸣凤撰）、《杜少陵诗注》（邵濬撰）、《杜诗注》（赵建郁撰）、《杜诗注》（李尧撰）、《杜诗选注》（苏希栻撰）、《杜诗钞述注》（林兆珂注）、《杜诗注》（郑日强撰）、《杜诗注释》（蔡宗禹撰）、《杜注水中盐》（杨德周撰）、《笺杜陵诗》（董斯张撰）、《杜集注》（倪元瓒撰）、《杜诗注》（董养河撰）、《杜诗注》（李实撰）、《杜诗绪笺》（程元初撰）、《杜诗详注》（阙名撰）、《杜诗释》（阙名撰）等二十种左右。集注数量不多，主要有《杜少陵先生诗集注抄》（阙名编）、《杜诗集注》（李应吉撰）、《分类集注杜诗》（邵宝撰）、《杜诗集注》（郑壬撰）等几种。分体注释数量可观，如《杜律单注》（单复撰）、《杜律七言五言注》（韦杰撰）、《杜律意注》

（赵统撰）、《杜律五言补注》（汪瑗撰）、《杜律删注》（冯惟讷撰）、《杜律意笺》（颜廷榘撰）、《撰杜律虞注》（曾应翔撰）、《杜律选注》（范濂撰）、《杜七言律注》（徐常吉撰）、《虞本杜律订注》（汪慰撰）、《杜工部七言律诗分类集注》（薛益撰）、《杜律集解》（邵傅撰）、《杜律集注》（黄中理撰）、《杜诗七律注》（李国梁撰）等十多种，表现出杜诗的整理更加精细化。

与注释杜诗相近的是说解杜诗，数量也很可观。其中有集解，如《杜诗五律集解》（黄乔栋撰）、《杜诗汇解》（全大镛撰）；有从诗体的角度说解，如《杜诗辩体》（潘援撰）、《杜律训解》（张孚敬撰）、《杜律本义》（张綖撰）、《杜律心解》（刘碹撰）、《杜律解》（徐楚撰）、《杜律颇解》（王维桢撰）、《杜律解》（龚方中撰）、《杜律解易》（沃起凤撰）、《杜律摘旨》（阙名撰）；有的是以考据的方式整理读诗，如《杜诗肆考》（沈求撰）；有的是以诗话的方式，如《杜诗话》（刘廷銮撰）；有的是学杜心得，如《读杜诗愚得》（单复撰）；还有李白与杜甫合解，如《李杜诗解》（高节成撰）、《李杜诗意》（李延大撰）；有的有注有解，如《杜诗长古注解》（谢省撰）、《杜律注解》（黄光升撰）、《杜诗注解》（赵志撰）、《杜诗注解》（李光缙撰）、《杜律注解》（黄润中撰）。其他如《李杜诗解》（赖进德撰）、《杜诗质疑》（周旋撰）、《杜工部诗通》（张綖撰）、《少陵纯音》（南大吉撰）、《杜诗搜髓》（李文华撰）、《杜诗庑言》（郑明选撰）、《杜臆》（王嗣奭撰）、《杜诗通》（胡震亨撰）、《杜诗衍》（陈龙正撰）、《读杜私言》（卢世㴶撰）、《杜诗捃》（唐元竑撰）、《杜诗输攻》（傅汝祚撰）、《读杜小言》（李腾蛟撰）、《杜诗蠡测》（范逸撰）、《杜诗渊源》（张著撰），方式和角度有所不同，但是却各具特色，各有各的成就。

明代的杜诗评点本也不少，如《批点杜诗》（郑善夫批点）、《杜诗选》（杨慎批选）、《杜诗选》（闵映璧集评）、《杜释会通》（周甸撰）、《杜律测旨》（赵大纲撰）、《批点杜工部七言律》（郭正域撰）、《批选杜工部诗》（郝敬撰）、《杜律詹言》（谢杰撰）、《李杜诗评》（王象春撰）、《杜诗诸家评》（阙名编）、《评选李杜诗》（汪旦撰），达十多种，数量可观。有的有评有注，如《杜律注评》（陈与郊撰）、《李杜诗选》（顾明编，史秉直评释）；有的有评有解，《杜律评解》（张光纪撰）。所以，明代杜诗整理的总体成就不容忽视。

清代杜诗学也相当繁荣，杜诗的整理更受重视，所以杜诗版本也多于此前任何一代。

首先，清代关于杜诗的笺注多于以往。其中有集注，如《杜工部诗集辑注》（朱鹤龄辑注）、《李杜诗汇注》（马世俊撰）、《陶杜诗集注》（刘志圻撰）、《杜诗集注》（胡庆豫辑）、《杜诗集注》（姜文灿撰）、《杜诗汇笺》（杨治衢撰）、《杜诗集注》（梅�辑）、《杜诗补注汇》（沈元沧撰）、《杜诗集注》（陈世佶撰）、《杜诗集注》（查景撰）、《杜诗详注集成》（张甄陶撰）、《杜诗辑注》（黎栋辑）；有按照诗体注释，如《书巢笺注杜工部七言律

诗》(陈醇儒撰)、《杜工部七言律诗注》(陈之埙撰)、《杜诗顾
注辑要五言律》(龙科宝辑)、《杜工部五七古》(刘大櫆选注)、
《赵虞选注杜律》(元赵汸、托名虞集撰，清查弘道、金集补)、
《杜陵长律注》(王以中撰)、《杜诗长律注》(田国文撰)、《杜
律注》(秦汝霖注)、《杜律分注》(戴宏闾撰)；有的有注有解，
如《辟疆园杜诗注解》(顾宸撰)、《杜诗注解》(顾宏撰)、《杜
诗注解》(陈学夔注)、《杜诗注解节抄》(顾淳庆撰)、《读书堂
杜工部诗集注解》(张溍撰)、《杜文注解》(阙名注)；有的版本
单标为"注"，如《钱注杜诗》(钱谦益笺注)、《爱吟轩注杜工
部集》(汪枢注)、《杜子美诗注》(顾炎武注)、《杜诗纂注》(姜
志珏撰)、《杜诗注》(朱异撰)、《雪窗杜注》(张世炜撰)、《杜
诗注》(汪后来注)、《杜诗纂注》(管凤苞撰)、《少陵诗注》(郑
宏庆注)、《杜诗注》(陈克邑注)、《杜诗注》(陈烺注)、《杜诗
注》(王贻谷注)、《注杜诗》(郑方坤注)、《杜诗注》(杨廷英
注)；有的标为"注释"，如《杜诗注释》(许宝善撰)、《注释
杜诗中伦集》(李凤彩撰)；有的有"注"有"疏"，如《杜诗
注疏》(刘敦撰)；也有的直标为"笺"，如《读杜小笺、二笺》
(钱谦益笺)、《杜诗笺》(姜宸英撰)、《读杜小笺遗事》(阙名
撰)；个别标为"谱释""注约"，如《杜诗谱释》(毛张健撰)、
《杜诗注约》(凌艺斋撰)；比较多的标为"笺注"，如《杜诗笺
注》(王载注)、《杜诗笺注》(郑旼笺注)、《杜诗笺注》(王玉麟
注)、《杜诗笺注》(沈闾撰)、《笺注杜诗》(梁诗正注)、《杜诗

笺注》（陈敬畏撰）、《纂订杜少陵集笺注》（陈长镇辑）、《杜诗笺注》（温其训撰）；有几种比较特殊，为"详注"，如《杜诗详注》（仇兆鳌撰）、《杜诗详注》（韩厥田撰）、《杜诗详注》（管汝锡撰）；还有的对注释进行考证、纠谬、辩驳的，如《杜诗注证谬》（陆钺撰）、《杜诗注驳》（袁佑撰）、《杜诗注订伪》（沈世德撰）、《杜诗订注》（汪济民撰）、《杜诗考注》（凌赓臣撰）；又有增注、补注、旁注，如《杜文贞诗增注》（夏力恕撰）、《补杜诗笺》（钱谦益撰）、《杜诗详注补》（张鲲撰）、《杜诗补注》（荆兆丹撰）、《李杜集旁注》（杨淮注）；此外还有选注，如《杜诗选注》（李芳华撰）、《杜诗择注》（张桓注）、《杜诗选注》（许瀚选注）、《杜韩诗文选注》（彭应珠撰）、《杜诗选集》（于贻泉选注），版本之多、方式与方法之丰富前无古人。

　　其次，对杜诗进行批点、评论的各种版本也多于以前各代。有的是评点本，如《傅青主手批杜诗》（傅山批）、《杜诗点评》（傅山点评）、《朱竹垞先生杜诗评本》（朱彝尊评点）、《批杜诗》（魏荔彤批）、《杜诗抄》（严虞惇批点）、《纤批杜诗》（袁之升撰）、《杜诗评点》（张雍敬撰）、《批点杜少陵集》（陶必铨批）、《杜诗评点》（吕璜评）、《杜诗选抄》（徐松批点）、《评点杜诗》（方玉润评）、《杜工部诗抄》（吴宝树批校）、《朱雪鸿批杜诗》（朱颢英批）、《唱经堂杜诗解》（金圣叹批解）、《藏云山房杜律详解》（石闾居士评点），在清代杜诗批评中所占比例较大。此外有摘句批评本，如《杜诗摘句》（傅山摘）、《杜诗摘句》（钱泰吉撰）；有诗话类评本，如《渔洋杜诗话》（王士禛撰，翁方纲辑）、《草堂诗话》（程自迩撰）、《杜工部诗话》（刘凤诰撰）、《养一斋李杜诗话》（潘德舆撰）；有札记、随笔、笔记、提要式的批评，如《读杜札记》（郭曾炘撰）、《读杜随笔》（张为仪撰）、《杜诗提要》（吴瞻泰撰）、《读杜韩笔记》（李黼平撰）、《读杜随笔》（柳树芳撰）、《读杜随笔》（施鸿保撰）、《少陵诗话纂》（胡捷辑）、《读杜笔记》（夏力恕撰）、《鲁通甫读书记》（鲁一同撰）；有的是集评本，如《杜诗集评》（马桐芳撰）、《杜诗集评》（刘濬辑）、《杜诗评钞》（沈德潜撰，大家合评）、《杜诗集评》（强溱撰）；有的专门评律诗，如《杜律校评》（沈汉撰）、《杜律评语》（李因笃撰）、《杜诗律》（俞玚原评，张学仁参定）、《杜律诗话》（陈廷敬撰）、《杜律评》（管凤翔撰）、《苦竹轩杜诗评律》（洪仲撰）。有的有评有注，如《批注杜诗辑注》（蒋金式批）、《杜诗抄》（查慎行评注）、《赏音阁杜诗问津》（龚书宸评注）、《艺兰书屋精选杜诗评注》（邓献璋撰）、《杜诗评注》（赵滋撰），就比较典型。有的是选评本，如《贯华堂评选杜诗》（金圣叹撰，赵时揖辑）、《评选少陵集》（温睿临撰）、《杜诗评选》（许绍曾撰）等就是代表。有的以评论为主，其中"评"如《杜诗三评》（阮旻锡撰）、《杜诗说略》（卢震撰）、《杜诗臆评》（王维坤撰）、《带经堂评杜》（王士禛撰，张宗柟纂集）、《邵长蘅评杜诗钞》（邵长蘅撰）、《初白庵诗评》（查慎行撰）、《杜工部诗评》（屈复撰）、《杜诗偶评》（沈德潜撰）、《杜诗评》（朱铨撰)、《杜诗评林》(方驾撰)、《杜诗绎评》(储蟾贵撰)、《杜诗字评》(董文涣评);"论"如《杜遇余论》(傅山撰)、《杜诗博议》(潘柽章撰)、《杜诗绪论》(蒋楛撰),数量较多;其他如《杜诗义法》(乔亿撰)、《一草堂说诗》(酸尼瓜尔嘉·额尔登谔撰)、《读杜诗姑妄》(吴梯撰)、《杜诗精义》(江绍莲撰)、《说杜》(申涵光撰)、《杜诗说》(黄生撰)、《杜诗说》(卢生甫撰)、《青城说杜》(吴冯栻撰)、《杜诗说肤》(万俊撰)、《陶杜诗说》(桂青万撰)、《杜诗臆说》(俞希哲撰)、《读杜诗说》(施鸿保撰)、《杜诗会意详说》(陈如岳撰)、《杜园说杜》(梁运昌撰)、《杜诗说选》(阙名编)、《读杜慎言》(赵泗撰)、《读杜心语》(叶元阶撰),批评方法也很有特色。除此之外,还有《杜诗举隅》(方文撰)、《纂杜诗略》(林时对编)、《杜诗独断》(倪会宣撰)、《读杜管窥》(张世炜撰)、《杜诗参》(伊予先撰)、《杜诗偶识》(徐禄宜撰)、《诗中圣》(夏秉衡撰)、《杜诗推》(王永熙撰)、《杜诗指掌》(申居郧撰)、《说杜择粹》(谢圣鞠撰)、《杜诗义法》(吴蔚光撰)、《杜诗摘参》(宁锜撰)、《杜少陵集丛话》(阙名撰)、《杜诗益》(彭大寿撰)、《问斋杜意》(陈式撰)、《杜遇》(戴廷栻撰)、《杜解通元》(席树馨编)、《李杜诗纬》(应时撰)、《读杜一得》(陆嵩撰)、《杜诗识小》(朱宗大撰)、《杜诗隅》(李梅冬撰)、《杜诗本义》(齐翀撰)、《杜诗正》(邵志谦撰)等,从另外一些角度评论杜诗,表现清代关于杜诗的诗学批评相当广泛和深入。

再次，清代有关杜诗的说解之作也大量出现。有从音韵训诂的角度解说的，如《杜韩诗句集韵》（汪文柏辑）、《杜诗分韵》（王士禄、黄大宗编）、《杜诗旁训》（张彦士撰）、《杜诗双声叠韵谱括略》（周春撰）。有对说解进行考证辨讹的，如《杜诗考证》（檀自荫撰）、《杜诗琐证》（史炳撰）、《杜诗辨讹》（刘钟英撰）、《读杜质疑》（徐士燕撰）。有集合各家之说的集解，如《杜工部诗集集解》（周篆撰）、《杜诗集解》（蒋肇撰）、《杜诗集解》（沈炳巽撰）、《杜诗集说》（江浩然撰）。有专门解说律诗的，如《杜诗约选五律串解》（周作渊撰）专解五律；《杜工部七言律诗疏解》（顾施祯撰）、《杜诗解意七言律》（朱瀚、李燧撰）专解七律；《杜工部五言排律诗句解》（刘肇虞撰）专解排律；而《杜律通解》（李文炜撰）、《杜律详解》（纪容舒撰）、《杜律篇法》（郑际熙撰）、《杜律启蒙》（吴峻撰）、《杜律浅说》（庄咏撰）、《杜律臆解》（林昌彝撰）、《杜律正蒙》（潘树棠撰）、《杜律臆解》（郭柏苍撰）则包括各体律诗。还有侧重从内心体会出发解读杜诗的，如《杜诗心解》（郑光时撰）、《读杜心解》（浦起龙撰）、《读杜臆解》（褚菊书撰）、《读杜心知》（王鹤江撰）、《杜诗心解》（缪日芑撰）、《读杜心解》（李凤翙撰）、《读杜心解》（唐金撰）、《杜诗心会》（毛文翰撰）。此外，还有《杜诗解颐》（左国材撰）、《杜诗解》（李赞元撰）、《杜诗直解》（范廷谋撰）、《杜诗详解》（沈三秀撰）、《杜诗解》（刘霈撰）、《李杜诗解》（罗国器撰）、《杜诗解》（庄勇成撰）、《读杜参解》（江中时撰)、《杜诗镜铨》(杨伦撰)、《李杜诗通》(张琦撰)、《杜诗直解》(佚名撰，沈寅、朱昆补辑)、《读杜诗解》(陈圣泽撰)、《杜诗钞解》(饶向荣撰)、《杜诗疏义》(阙名撰)等，如此之类，未易悉数，这进一步说明清代杜甫诗歌版本之多和杜诗学的兴盛。

三

然而，十分遗憾的是，上述杜诗的各种版本有相当一部分已经流失海外，不能不说是我国文化遗产的重大损失。根据初步统计，流失海外的杜诗版本有上百种，现择要介绍其书目及其收藏的国家如下：

1.《须溪批点杜工部诗注》二十二卷，日本国立国会图书馆藏元刊本；

2.《杜工部草堂诗笺》四十卷，日本浅草文库本；

3.《杜诗会粹》二十四卷，日本浅草文库本；

4.《集千家注杜工部诗集》二十卷文集二卷，美国加利福尼亚大学伯克利分校藏明万历间黄陛刊本；

5.《杜律五言集解》，日本明治写本；

6.《杜工部七言律诗分类集注》，日本庆安刊本；

7.《翰林考正杜律五言赵注句解》，日本庆安刊本；

8.《杜诗偶评》，日本享和刊本；

9.《杜律集解》，日本元禄刊本；

10.《杜律诗话》，日本正德刊本；

11.《文天祥集杜诗》，日本明治刊本；

12.《杜律集解七五言钞》，日本早稻田大学藏日本后西天皇万治年间据明万历年间刻本刊印；

13.《杜员外集》二卷，唐阙名编，现藏于日本京都大学附属图书馆；

14.《杜诗笺》，宋黄庭坚撰，日本近藤元粹收入《萤雪轩丛书》；

15.《王状元集百家注编年杜陵诗史》三十二卷，宋王十朋集注，1976 年日本中文出版社据日本吉川幸次郎编辑《杜诗又丛》本影印；

16.《新刊校定集注杜诗》三十六卷，宋郭知达编，日本静嘉堂文库藏；

17.《杜工部草堂诗笺》五十卷，宋蔡梦弼撰，日本吉川幸次郎编《杜诗又丛》本，据《古逸丛书》本刻印；

18.《杜工部草堂诗话》二卷，宋蔡梦弼集录，日本吉川幸次郎编《杜诗又丛》本，据《古逸丛书》本刻印；

19.《集千家注分类杜工部诗》二十五卷，宋徐居仁编次，黄鹤补注，日本御府藏旧覆宋本、日本北朝永和二年（1376）京都法印永喜覆勤有堂本；

20.《集千家注批点杜工部诗集》二十卷，宋刘辰翁批点，元高楚芳编辑，日本藏元椠元印本，朝鲜刻本；

21.《杜工部诗范德机批选》六卷，元范椁撰，韩国国立图书馆、延世大学藏本；

22.《杜律虞注》，托名元虞集撰，朝鲜刻本、韩国刻本；

23.《杜工部五言赵注》，元赵汸撰，日本庆安四年（1651）翻刻本；

24.《杜工部诗选注》七卷，元董养性撰，日本藏本；

25.《读杜偶得》十五卷，明单复撰，朝鲜铜活字本、韩国延世大学乙亥字本；

26.《杜诗七言律》二卷，明邵宝撰，日本东洋文库藏明嘉靖三十年（1551）刊本；

27.《分类集注杜诗》二十三卷，明邵宝撰，日本后西天皇明历二年（1656）京都衣棚通据万历二十年（1592）刊本重刊；

28.《刻杜少陵先生诗分类集注》，韩国精神文化研究院、高丽大学、雅丹文库、延世大学藏周子文校刊本（残本）；

29.《唐二家诗钞》十二卷，明梅鼎祚编，明万历七年（1579）鹿裘石室精印本，日本公文书馆藏本；

30.《李杜诗选》，原八卷，明李廷机撰，日本国会图书馆藏明万历十九年（1591）书林熊咸初刊本，为八卷本；而日本尊经阁文库藏此刻本，只一册；

31.《杜工部诗分体全集》六十六卷，明刘世教编校，日本国会图书馆藏；

32.《杜诗分类》明傅振商辑，韩国奎章阁藏本；

33.《杜工部七言律诗分类集注》二卷，明薛益撰，美国国会图书馆，日本宫内厅书陵部、公文图书馆、东洋文库藏本，日本后光明天皇庆安四年（1651）中村市兵卫据崇祯刊本覆刊本；

34.《杜律集解》六卷，明邵傅撰，日本国会图书馆、公文图书馆藏本；

35.《新刊杜工部七言律诗》二卷，阙名注，明曾应祥校，日本东京大学东洋文化研究所藏明静嘉堂刊本；

36.《杜诗选》六卷，明凌氏刊本，日本爱知大学附属图书馆霞山文库藏本；

37.《说杜》一卷，清陶开虞撰，日本尊经阁文库藏顺治刻本；

38.《杜工部诗集辑注》二十三卷，清朱鹤龄辑注，日本吉川幸次郎编辑《杜诗又丛》本，据叶永茹万卷楼刻本影印；

39.《李杜诗法精选》二卷，清游艺选，日本文化三年（1806）刻本；

40.《杜律诗话》三卷，清陈廷敬撰，日本正德三年（1713）京都翻刻；

41.《杜诗评钞》四卷，清沈德潜纂，大家合评，日本京都文求堂刻本；

42.《杜工部集》二十卷，清郑沄编校，日本文化九年（1812）东京崇文堂仿玉勾草堂刊本；

43.《杜诗双声叠韵谱括略》八卷，清周春撰，日本吉川幸次郎编辑《杜诗又丛》本，据嘉庆元年（1796）本影印；

44.《杜诗琐证》二卷，清史炳撰，日本吉川幸次郎编辑《杜诗又丛》本；

45.《李杜绝句》四卷，清阙名编，日本藏本（《静嘉堂文库》著录）；

这仅是不完全的统计，世界其他国家和地区还有很多版本没有包括在内。但是，仅就上述这些版本而言，已经是触目惊心的数量，说明我们的文化遗产流失现状非常严重。虽然上述个别杜诗版本有人以影印的方式带回国内，但是绝大部分原版还是在国外，而且其中有些版本国内学者一般难以见到，这极大地影响了杜诗研究的深入开展。更为值得注意的是，有些版本为孤本，价值极大，具有不可替代的地位。以下选择21种海外藏版加以介绍。

1.《杜诗笺》

本书题为宋人黄庭坚所撰，日本早稻田大学藏版，手抄本，封面无标识，正文前直接题曰：“黄山谷《杜诗笺》，嫩髯道人手录。”书末署曰：“戊午小春前四日，嫩髯道人录于西城馆舍。”最后钤有藏书印，文曰：“蟫隐庐所得善本。”

黄庭坚（1045—1105），北宋诗人、书法家，字鲁直，号山谷道人、涪翁，洪州分宁（今江西修水）人。自幼好学，北宋治平四年（1067）考中进士，出于苏轼门下，为"苏门四学士"之一，与苏轼并称为"苏黄"，其政治态度也与苏轼相近。元丰年间任地方官，为政清简。元祐年间入京编修《神宗实录》，迁起居舍人。绍圣年间，贬往涪州、黔州等地。徽宗时受命内迁，终遭排挤，被除名，编管宜州。黄庭坚之诗立意深曲，章法细密，识见超迈，不囿于党争门户之见。在诗歌创作上讲究修辞造句，追求奇拗硬涩风格，推崇杜甫，提倡"无一字无来处""夺胎换骨""点铁成金"，开创"江西诗派"。其词早年多写花月艳情，后受苏轼影响，扩大了题材，或写谪居生活，或写兄弟离别，或写塞垣风光，或写守边壮志，亦颇有豪迈气概。诗集有《山谷精华录》，词集有《山谷琴趣外编》。

此书编撰者的真伪存在争议，如廖仲安、王学泰在《〈杜诗赵次公先后解辑校〉述评》中有云："此时还出现了书贾用以招徕顾客而故夸繁复的《十家集注杜诗》《门类增广十家注杜诗》（尚存残本六卷）。为了促销获利，书贾还假托名人，欺骗顾客。如各种集注本中的'王洙注''黄庭坚注'，皆属此类。王洙根本没有注过杜诗；黄庭坚所谓《杜诗笺》可能也仅是庭坚读杜诗时随手笺于书上的数十条备忘文字而已，后被好事者编入《豫章黄先生别集》，遂为书贾剽窃，仿佛黄氏真有专著《杜诗笺》似的。"明显否定此书编撰者的真实性。明弘治刻《豫章黄先生别集》卷四载有《杜诗笺》,《江苏国学图书馆图书总目》著录中也标明为黄庭坚之作:"《杜诗笺》, 宋黄庭坚, 明刊,《说郛》四三。"杨士奇在《文渊阁书目》虽然著录此书"《杜诗集笺》一部, 九册。阙。塾本无'集'字", 但是未标撰者。叶盛《菉竹堂书目》中也著录此书:"《杜诗笺》, 九册。"也未标撰者。今人周采泉先生认为此书为黄庭坚所撰可信, 不能定为伪书, 其《杜集书录》中有云:"此为后人所掇拾而成。谓非黄氏所自定可, 谓非黄氏所作则不可。或疑此笺明以前无所闻, 说亦未确, 黄笺不仅各集注本一再引及,《黄氏日抄》且全录其书, 何得说明以前无所闻? 其所以使人致疑之由, 则以山谷在《大雅堂石刻杜诗记》中有'余尝欲随欣然会意处, 笺以数语, 终以汩没世俗, 初不暇给'数语, 以为黄氏不应有注杜之作。实则笺与注不同, 笺可以不附本文, 不若注之句诠字释, 正黄氏自谓'随欣然会意处, 笺以数语'也。今存之笺计六十则, 每则少者不到十字, 多者亦不盈百, 有极精核处, 语简意赅, 出于黄氏当可信。……此笺容有纰缪, 究与伪苏伪王有别, 不能斥为伪书也。"所以, 对此书撰者问题还不能轻易做出否定的结论。

黄庭坚本人在笺注诗文方面的观点不同于当时注重"意会"的风气, 他曾经在《大雅堂记》中写道:"余尝欲随欣然会意处, 笺以数语, 终以汩没世俗, 初不暇给。虽然, 子美诗妙处, 乃在无意于文。夫无意而意已至, 非广之以《国风》《雅》

《颂》，深之以《离骚》《九歌》，安能咀嚼其意味，闯然入其门耶？"其中"欣然会意处，笺以数语"就是其笺注诗文观点的真实写照。同时，他特别反对穿凿，曾指出："彼喜穿凿者，弃其大旨，取其发兴于所遇林泉、人物、草木、鱼虫，以为物物皆有所托，如世间商度隐语，则子美之诗委地矣。"（《四溟诗话》卷一）从实而论，他的这种观点是有的放矢的。从历史上看，宋人注杜诗之弊，一是经常从自己的意思出发，揣度杜甫，曲解杜诗，并且很多人对杜诗价值的认识停留在"忠君""一饭不曾忘君恩"的思想层面，过度强调其社会政治功用，脱离杜诗作为诗歌的艺术特质；二是过度强调杜诗的"比兴"手法，在注杜解杜之时不免牵强附会，往往下笔千言，离题万里。所以，黄庭坚倡导的这种注杜解杜的方法和态度正好切中宋人当时解杜的弊端。本书所笺注之杜诗总共六十则，大多注释杜甫诗句的出处，主要是历史、典章、典故、地理、名物等，涉猎极广。其中涉及文学的有诸葛亮的《梁父吟》、郭璞的《江赋》等，涉及地理风物的有《嵩高记》，涉及农家的科学专著有《齐民要术》，涉及佛家典籍的有《维摩经》，涉及正史的有《汉书》，还涉及志怪小说《齐谐记》等。总体上说，其笺注非常严谨，如"黄精无苗山雪盛"句后注云："'精'，一作'独'。黄独状如芋子，肉白皮黄，苗蔓延生，叶似萝摩，梁汉人蒸食之。江东谓之土芋。"再如"野艇恰受两三人"句后笺曰："改作'航'殊无理。此特吴体，不必尽律。白公《同韩侍郎游郑家池》诗云:'野艇容三人。'正用此语。"再如"举家闻若骇"句后笺曰:"'骇'当作'咳'。禺属猿猴,喜怒饮食常作咳。"又如"锦官城外柏森森"句后笺曰:"成都道西城,故锦官也,故命曰锦里城。"很明显,这是客观、求实的笺释,没有臆断的成分,与黄庭坚倡导的注杜、解杜方法和态度完全一致。元好问在《杜诗学引》中曾高度赞扬黄庭坚注杜、解杜的成就:"近世唯山谷最知子美……试取《大雅堂记》读之,则知此翁注杜诗已竟,可为知者道,难为俗人言也。"研读《杜诗笺》之时,不能忽视元好问的这一评价。

2.《须溪批点杜工部诗注》

本书为南宋刘辰翁撰,日本国立国会图书馆藏元刊本,二十二卷。书的封面左侧手书"杜子美"三字,右上角专贴一签曰"贵重图书",内封扉页有日本帝国图书馆藏书印,印文为"帝国图书馆"五个字。以下依次为罗履泰《须溪批点杜工部诗注》及《集千家注批点杜工部诗集目录》,正文起始页署"须溪刘辰翁批点"。

刘辰翁(1232—1297),字会孟,号须溪,南宋诗人,吉州庐陵(今江西吉安)人。宋理宗绍定五年(1232)生,早年入太学,景定三年(1262)登进士第,为人敢于直言,对策之时忤权奸贾似道,因此被评为丙等。曾任濂溪书院山长,度宗咸淳元年(1265),授临安府学教授、参江东转运幕,后荐入史馆，除太学博士。德祐元年（1275），正当宋室危难之际，文天祥勤王之时，他也参与江西幕府。南宋灭亡后，志不仕元，隐居终老。于元大德元年（1297）卒，是一位有民族气节的志士。刘辰翁能文擅词，有《须溪集》十卷、《须溪词》三卷。况周颐评价说："须溪词风格逴上似稼轩，情辞跌宕似遗山。有时意笔俱化，纯任天倪，竟能略似坡公。往往独到之处，能以中锋达意，以中声赴节。世或目为别调，非知人之言也。"（况周颐《蕙风词话》卷二）同时，他还是一位著名的选家与评点家，他评点的内容包括经部、史部、子部、集部各个方面。有《大戴礼记》《越绝书》《班马异同评》《史汉方驾》《荀子》《阴符经》《老子道德经》《庄子南华真经》《南华经》《列子冲虚真经》《庸斋三子口义》《刘辰翁批点三唐人诗集》《韦孟全集》《王孟诗评》《盛唐四名家集》《文选》《古今诗统》《兴观集》《合刻宋刘须溪点校书九种》《世说新语》《广成子》《古三坟》，以及唐宋诗人词人别集等 30 多种。

此书为罗履泰所刻，罗氏为刘辰翁弟子，他将平时先生所批点之《杜工部诗集》整理刊刻。

大体说来，此书之价值全在于批点，这种批点是在宋代集注杜诗、编年杜诗、分类杜诗之后的又一具有创新性的批评方式，是杜诗研究史上的一大贡献。由刘辰翁开始，兴起了杜诗评点一派。书中批语多在题下或者诗后，少数在句中，或者句末。所有批语都专门用黑框标出。书中对词语也多有注解，一般多在句末。在重要诗句旁边不时有评点，多以细小的弦月形标出，个别为短竖标识。通观书中评点，总体上不拘泥于注诗，不时可见独特见解，高屋建瓴，往往把握精髓，对读者多有启迪。如《江村》题下批云："全首高旷，真野人之能言者。"再如《登楼》一诗后批曰："谓先主庙中乃亦后主，此亡国者，复何足祠？徒使人思诸葛梁父之恨而已。《梁父吟》亦兴废之感也。"其他如《登岳阳楼》一诗之评语有云："气压百代，为五言雄浑之绝。下两句略不用力，而情境适等。"这些评点都切中肯綮，把握了精髓，颇有启发性。

清四库馆臣对刘辰翁为人评价颇高："辰翁当贾似道当国，对策极言济邸无后可恸，忠良残害可伤，风节不竞可憾。几为似道所中，以是得鲠直名。文章亦见重于世。其门生王梦应作祭文，至称韩、欧后惟先生卓然秦、汉巨笔。"（《四库全书总目提要·须溪集十卷》）四库馆臣肯定了刘辰翁"鲠直"的品格与个性。但是对其评点诗文，包括评点杜诗，评价则比较低："然辰翁论诗评文，往往意取尖新，太伤佻巧，其所批点，如《杜甫集》《世说新语》及《班马异同》诸书，今尚有传本。大率破碎纤仄，无裨来学。"（《四库全书总目提要·须溪集十卷》）总体上认为其批点"破碎纤仄，无裨来学"，几乎全盘否定。但是，肯定和赞赏的也大有人在，如明人胡应麟就对刘氏批点大加赞赏："刘辰翁虽道越中庸，其玄见邃览，往往绝人，自是教外别传，骚坛巨目。"（胡应麟《诗薮·外编》卷四）胡震亨也很推崇刘辰翁的评点，指出："宋人诗不如唐，诗话胜唐。南宋人及元人诗话，又胜宋初人。如严之吟卷，刘之诗评，解会超矣。"（《唐音癸签》）所以，《须溪批点杜工部诗注》一书在杜诗批点方面的成就是不能否定的。

3.《杜工部草堂诗笺》

本书由南宋蔡梦弼笺，日本内阁文库藏本。此书在日本还有浅草文库、政府图书馆等处收藏。原本五十卷，此本四十卷，疑为残本。

蔡梦弼，建安（今福建建瓯）人，字傅卿。其生平事迹尚不能详考，根据现有的少量材料判断他大约活动于宋宁宗嘉泰年间（1201—1204）。蔡氏长于诗学，其《草堂诗笺》五十卷对后世影响很大。俞成的《校正〈草堂诗笺〉跋》称他"潜心大学，识见超拔……至于少陵之诗，尤极精妙"。《四库全书总目提要》中在介绍《草堂诗话》一书时，对蔡梦弼生平及其著述做了介绍和评价："宋蔡梦弼撰。梦弼，建安人。其始末未详。尝著《杜工部草堂诗笺》及此书。今诗笺久佚，唯此书仅存，皆论说杜甫之诗。曰'草堂'者，甫客蜀时所居也。凡二百余条，皆采自宋人诗话、语录、文集、说部，而所取唯《韵语阳秋》为多。《宋史·艺文志》载方道醇《集诸家老杜诗评》五卷，方铨《续老杜诗评》五卷，陈振孙《书录解题》载莆田方道深《续集诸家老杜诗评》一卷，又载《杜诗发挥》一卷。今唯方道深书见于《永乐大典》中，余皆不传。然道深书琐碎冗杂，无可采录，不及此书之详赡。近代注杜诗者征引此书，多者不过十余则，皆似未见其全帙。此本为吴县惠栋所藏，盖亦希觏之笈矣。旧本与鲁訔、赵子栎所撰《杜工部年谱》合为一册，而以鲁訔一序冠于此书之前。盖以篇中有王士禛跋语，先訔而后梦弼，故编次从之。今鲁、赵二谱别入传记类中，故仍移訔序冠于谱前，以复其旧，不更载于此书焉。"（《草堂诗话》二卷，江苏巡抚采进本）其中对蔡氏生平事迹的介绍只有寥寥数语，而对《杜工部草堂诗笺》一书的介绍和评价则颇为详细，对我们了解这部书颇有帮助。

本书的笺释依次是：在每句诗的正文之下，先正其字之异同，次审其音之反切，然后释义，再引经子史传记说明其用事之出处。具体说来，首先考异，其次辨音，再次讲明作诗之义，后又引援诗中用典的出处。每诗之题目，皆究其本原；对其章句，更穷极理致。不仅考定杜甫年谱，而且又集诸家诗评。首先是参之众说，然后再断以己意。蔡梦弼本人在《杜工部草堂诗笺跋》中做了解释和说明："少陵先生博极群书，驰骋今古，周行万里，观览讴谣，发为歌词，奋乎《国风》《雅》《颂》不作之后，比兴相侔，哀乐交贯，揄扬叙述，妙达乎真机；美刺箴规，该具乎众体。自唐迄今，余五百年，为诗学之宗师，家传而人诵之。故元微之志其墓曰：'诗人以来，未有如子美者。'信斯言矣。况我国家祖宗肇造以来，设科取士，词赋之余，继之以诗。诗之命题，主司多取是诗。惜乎世本讹舛，训释纰缪，有识恨焉。梦弼因博求唐宋诸本杜诗十门，聚而阅之，三复参校，仍用嘉兴鲁氏编次先生用舍之行藏、岁月之先后，以为定本。每于逐句本文之下，先正其字之异同，次审其音之反切，方作诗之义以释之，复引经子史传记以证其用事之所从出。离为五十卷，目曰《草堂诗笺》。凡校雠之例：题曰樊者，唐润州刺史樊晃小集本也；题曰晋者，晋开运二年官书本也；曰欧者，欧阳永叔本也；曰宋者，宋子京本也；王者，乃介甫也；苏者，乃子瞻也；陈者，乃无己也；黄者，乃鲁直也。刊云一作某字者，系王原叔、张文潜、蔡君谟、晁以道及唐之顾陶本也。又如宋次道、崔德符、鲍钦止，暨太原王禹玉、王深父、薛梦符、薛苍舒、蔡天启、蔡致远、蔡伯世皆为义说；其次如徐居仁、谢任伯、吕祖谦、高元之，暨天水赵子栎、赵次翁、杜修可、杜立之、师古、师民瞻亦为训解。复参以蜀石碑诸儒之定本，各因其实以条纪之。至于旧德硕儒，间有一二说者，亦两存之，以俟博识之决择。是集之行，俾得之者手披目览，口诵心惟，不劳思索，而昭然义见，更无纤毫凝滞，如亲聆少陵之謦欬而熟睹其眉宇，岂不快哉……"（《杜工部草堂诗笺跋》，中华书局《古典文学研究资料汇编·杜甫卷》，1964 年版第 697 页）其中着重说明的是笺释方法和校雠体例。很明显，此书的编撰是在广泛吸收前人成果的基础上进行的。关于本书的评价，俞成的《校正〈草堂诗笺〉跋》介绍得特别详切，其文先言解杜诗之难："陈从易尝读杜诗，至疑'身轻一鸟'下，竟不能安一字。杨大年尝读杜诗，至疑'霜浓木石'下，竟不能全一句。夫以二公之才，读杜公之诗，尚且略其阙文，他可见矣。诚知草堂先生炼句下字，往往超谐，续之则不似，增之则不然，赓之和之，果何为哉？使其得善本而证之，不啻夏五之知其月，若'过'字、'滑'字，皆出自然，初无崖异，唯是理到，不容加点，古今诗史，一人而已，岂二公所可及哉！"俞成认为杜甫诗为"古今诗史，一人而已"，其下字用词，人不能测。然后介绍蔡梦弼之德行与才性："吾党蔡君傅卿，生平高尚，不求闻达，潜心大学，识见超拔，尝注韩退之、柳子厚之文，了无留隐。至于少陵之诗，尤极精妙。"接下来介绍本集的编撰问题，先说体例，指出："其始考异，其次辨音，又其次讲明作诗之义，又其次引援用事之所从出。凡遇题目，究竟本原；逮夫章句，穷极理致。非特定其年谱，又且集其诗评。参之众说，断以己意，警悟后学多矣。"次举实例，说明其笺释之精："尝以'雨晴山不改'为'雨时'（《雨晴》诗：'雨晴山不改，晴罢峡如新。'），'湖落回鲸鱼'为'潮落'（《别张建封》：'择材征南幕，湖落回鲸鱼。'）。如《城西陂泛舟》'鱼吹细浪摇歆扇'（'燕蹴飞花落舞筵'），以'歆'为'歌'；如《天育骠骑歌》'遂令大奴字天育'（'别养骥子怜神俊'），以'字'为'守'。不曰'麟凤'，而曰'灵凤'（《幽人》诗：'麟凤在赤霄，何当一来仪。'）；不曰'三犀'而曰'五犀'（《石库行》：'君不见秦时蜀太守，刻石立作三犀牛。'）。似此审定，未容筹计。至若《饮中八仙》一歌，虽有数句复用四韵，或者疑之。分为四章，以严句读，破千古之昏蒙，新一时之闻见。其自信也甚笃，则其取信于人也可知。……余尝谓：子美之诗如化工，千形万状，体态不一，演而为歌、为行，发而为叹、为引，曰短述、曰口号，大而至于古风百韵，小而至于绝句五言，同出异名，初无定体。唯'骅骝开道路'一句对以'鹰隼出风尘'，与'雕鹗离风尘'相类，自是之外无闻焉……"最后从方法论的高度进行总结："读诗者苟以意逆志，当自有定见，不可徇他人之说，类皆如此。然传注之学，难乎其人也久矣。昔陶隐居注《本草》，尝言不可有误，况注经乎！今君之注是诗也，片言双字，每每推详，决无差错。然则杜诗、《本草》注虽不同，推原教人之意，则一而已……"（《黄氏集千家注杜工部诗史补遗》）强调"以意逆志"的解诗之法，当然，这也是对蔡梦弼此解诗之法的赞许。

4.《集杜诗》

本书由南宋文天祥编撰，日本早稻田大学藏明治五年（1872）刊本。书的封面是楷书书名《文天祥集杜诗》，内封书眉处署"明治五壬申仲夏新雕"，右书"大日本内村先生校"，左书"京坂二书房发兑"，中间是楷书书名《文天祥集杜诗》，以下依次为南摩纲纪《文天祥集杜诗序》、宋丞相信国公遗像、明孙燧《相赞》、文天祥《自序》《跋语》。

文天祥（1236—1283），南宋爱国名臣、文学家。字履善，一字宋瑞，号文山，吉州庐陵（今江西吉安）人。宝祐四年（1256）举进士，擢为第一。开庆元年（1259）鄂州围急，董宋臣请迁都，文天祥上疏请斩董宋臣，并进防御之计。度宗时文天祥为贾似道所恶，一度免官。曾任刑部郎官，知瑞州、赣州。德祐元年（1275）元军东下，组织义军，入卫临安，次年任右丞相。他又入元营谈判，大义凛然，辞气慷慨，被扣留，后于镇江逃脱，到了福建拥立端宗。景炎二年（1277）文天祥进兵江西，收复州县多处，后退到广东。次年在五坡岭被俘，拘囚大都四年，坚贞不屈，从容就义。其诗慷慨悲凉，具有强烈的爱国热情和崇高的民族气节。《过零丁洋》《正气歌》皆是感人至深的名篇。"人生自古谁无死，留取丹心照汗青"一联流传甚广，妇孺皆知。文天祥亦能填词，数量虽少，但激越沉痛，脍炙人口。王国维在《人间词话》中说："文山之词，风骨甚高，亦有境界，远在圣与、叔夏、公谨公之上。"（圣与：王沂孙；叔夏：张炎；公谨：周密）其著作经后人辑为《文山先生全集》。

文天祥有《集杜诗自序》一文，说明此集的编撰过程，其言曰："余坐幽燕狱中，无所为，诵杜诗稍习。诸所感兴，因其五言，集为绝句。久之，得二百首。凡吾意所欲言者，子美先为代言之。日玩之不置，但觉为吾诗，忘其为子美诗也。乃知子美非能自为诗。诗句自是人情性中语，烦子美道耳。子美于吾，隔数百年，而其言语为吾用，非情性同哉！昔人评杜诗为诗史，盖以其咏歌之辞，寓纪载之实，而抑扬褒贬之意，灿然于其中，虽谓之史可也。予所集杜诗，自余颠沛以来，世变人事，概见于此矣。是非有意于为诗者也，后之良史，尚庶几有考焉。岁上章执徐、月祝犁单阏、日上章协洽，文天祥履善甫叙。"（《文山先生全集》卷十六）据此可知本集是其狱中编撰。

本书一名《文山诗史》，主要集杜甫之五言诗，成五言绝句体，总共200首。全书无目录，按照数字顺序排列，从第一首直至最后第二百首。有的有诗题，如《至福安第六十二》："握节汉臣回，麻鞋见天子。感激动四极，壮士泪如雨。"再如《思故乡第一百五十六》："天地西江远，无家问死生。凉风起天末，万里故乡情。"有的只有次第，没有诗题，如"第一百九十八""第一百九十九""第二百"。每首诗的起首处都有标目次第，同时很多诗在诗题下叙述时事，主要是记述国家沦丧之由，描述自己生平阅历之境，介绍南宋众多忠臣义士慷慨赴死之事，此外还有专门痛斥贾似道等奸臣误国之行的诗，一一详志其实，具有诗史的价值。文天祥自己说明其编撰宗旨曰："凡吾意所欲言者，子美先为代言之。"其实就是借杜诗抒发自己的情志。

文天祥的集杜诗是在前代创作经验和理论批评的基础上进行的。从文学史上看，集句诗始于北宋王安石，南宋也有人擅长，如南宋释绍嵩就著有《亚愚江浙纪行集句诗》七卷，其序曰："今所存《集句》也，乃绍定己丑（1229）之秋自长沙发行访游江浙，村行旅宿，感物寓意之所作。"同时，关于集句诗的诗学批评也早已有之，如严羽《沧浪诗话·诗评》中云："集句唯荆公最长。"周紫芝《竹坡诗话》中有云："集句近世往往有之，唯王荆公得此三昧。"牟巘在《陵阳集·唐宋百衲集序》一文中对集句诗有更加深入的阐释："诗雅四言，汉以来遂为五七言。唐开元之际，又始俪偶为律诗。论者谓诗之道，至是略尽，殆不可复变。宋百余年间，乃有集句者出，其不变之变欤？求之回文离合、双声叠韵、建除郡邑名诸体，无与集句类者，唯联句近之。但柏梁则君臣同时，昌黎则朋友同席。视集句远袭古作，颇异焉。实始于半山王公。半山平生崛强执拗，行新法则诋诸老为流俗，作《字说》新经义，则目《春秋》为断烂朝报。乃甘摭拾陈言，从事集句，何耶？然其天资殊绝，学力至到，猝然之顷，不劳思惟，立成数十韵，对偶亲切，吻合自然，抑难矣。四明厉君震廷瑞甫，博学工诗，尤喜集句。合异为同，易故为新，大抵效半山而自有活法。前后凡若干首，题曰《唐宋百衲集》。"从史的角度叙述集句诗的发展历程，并且总结了集句诗的创作经验。文天祥正是在这样的基础之上，再加上自己沉郁的感情和高超的技巧，使他的集杜诗取得了超越前人的成就，其突出特点是以自己的沉痛情感重塑杜诗，在集句中与杜诗精神融为一体，把国破家亡之痛融入集句诗中。所以，明人安磐在《颐山诗话》中评价说："予读之，往往不终卷而泪下。"清四库馆臣在《四库全书总目提要》中对此书所做的评价更为全面，一则考定其写作时间："（本书）一名《文山诗史》，宋文天祥撰。盖被执赴燕后，于狱中所作。前有《自序》，题'岁上章执徐、月祝犁单阏、日上章协洽'。按：'上章执徐'为庚辰岁，当元世祖至元十七年，乃其赴燕之次年。'祝犁单阏'当为己卯之月，'上章协洽'为庚未之日，于干支纪次不合。考是年正月癸卯朔，二月内当有三庚日、二未日，必传写者有所错互。至以岁阳岁名纪日，本于吴国山碑中'日惟重光大渊献'语。而并以纪月，则独见于此序。又序后有跋，称'壬午元日，则天祥授命之岁也'。"考定文天祥此集成于其慷慨赴死之年。二则介绍本书之体例、内容及其价值："诗凡二百篇，皆五言二韵，专集杜句而成。每篇之首，悉有标目次第，而题下叙次时事，于国家沦丧之由，生平阅历之境，及忠臣义士之周旋患难者，一一详志其实。颠末粲然，不愧'诗史'之目。吴之振《宋诗选》徒以裁割巧合评之，其所见抑亦末矣。"其中特别值得注意的是"不愧'诗史'之目"一句，这是极高的评价，也是符合实际的评价。三则考定本书的文字及版本问题："《刘定之序》称原书序跋中有阙文，指元之君臣、宋之叛逆，阙而不书，今皆补之为白字。又题姓某履善甫者，即《指南集》中所谓越蠡改陶朱之意。按今本序跋并无阙字，盖即定之所补。而履善甫上已署天祥之名，则不知何人增入。又定之称分为四卷，而今本止一卷，殊失原第。今仍析为四卷，以存其旧焉。"应该说，这是对文天祥《集杜诗》一书比较全面、客观的评价，值得参考。

5.《集千家注杜工部诗集》

本书由南宋刘辰翁批点，元高楚芳编辑，明万历间黄陞校，美国加利福尼亚大学伯克利分校藏明万历间黄陞刊本。据刘辰翁之子刘将孙《高楚芳墓志铭》所载，高楚芳家与刘辰翁颇有渊源："高氏派汴，来自吉水，归仙分泰溪，又从嘉林徙至橘山十一世。始大，及事朱南山、文丞相、吾先君子须溪先生。"而高楚芳本人也颇为不俗："芳所名崇兰，字楚芳，眉宇有俊意，自少即脱洒颖异。在师不烦橘山加意择所从。……喜交乡大夫先生，无不得其爱重。里名辈困乏，时而周之。"通过此墓志铭，可知高楚芳号芳所，安成人，生于宝祐三年（1255）四月二十四日，卒元至大元年（1308）八月七日，年五十四，刘辰翁门人。得益于师承，高楚芳诗学素养较高，记录了刘辰翁有关杜诗的评论，删存宋人杜诗旧注，去其泛滥无稽，留其确当精要，并于杜诗句下句旁加入刘辰翁批点，而成《集千家注批点杜工部诗集》。全书所收录刘辰翁关于杜诗的评点相当完备，诗歌共计350多首，批语共计470多条。因为用力甚勤，去取精当，广受好评。刘辰翁之子刘将孙有《新刊杜诗序》一文，首先介绍了本书编辑的缘起："有杜诗来五百年，注者以二三百数，然无善本，至或伪苏注，谬妄钳劫可笑，自或者谓少陵诗史，谓少陵一饭不忘君，于是注者深求而僵附，句句字字必传会时事曲折，不知其所谓史所谓不忘者。公之于天下，寓意深婉，初不在此。诗有风有隐，工部大雅与三百篇相望，讵有此心胸哉。此岂所以为少陵。第知肤引以为忠爱，而不知陷于险薄，凡注诗尚意者，又蹈此弊，而杜集为甚诸。后来忌诗，妒诗，疑诗，开诗祸皆起此。而莫之悟此，不得不为少陵辩者也。先君于须溪先生，每浩叹学诗者各自为宗，无能读杜诗者，类尊丘垤而恶睹昆仑。平生屡看杜集，既选为兴观，他评泊尚多，批点皆各有意，非但谓其佳而已。"文章主要说明多年来注杜之书虽多而无善本，存在的问题太多，所以其父早已动手批点杜集。然后介绍高楚芳撰此集的方式和过程："高楚芳类粹刻之，复删旧注无稽者，泛滥者，特存精确必不可无者，求为序以传。坡公谓杜诗似史记，今闻者特以坡语大不敢异，竟无知其所以似史记者。予欲著之，此又似评杜诗为僭，独为注本言之。注杜诗如注庄子，盖谓众人事、眼前语，一出尽变事外意、意外事，一语而破无尽之书，一字而含无涯之味。或可评不可注，或不必注，或不当注，举之不可偏，执之不可著，常辞不极于情，故事不给于弗也。然讵能尔！"为我们了解此书提供了特别有价值的信息。最后称赞说："是本净其繁芜，可以使读者得于神，而批评剽掇，足以灵悟，固草堂集之郭象本矣。楚芳于是注，用力勤，去取当，校正审，览他本草草，藉吾家名

148

以欺者甚远，相之者吾门刘郁云。"（刘将孙《新刊杜诗序》，见《永乐大典》残卷九百五刘将孙《养吾集》）《四库全书总目提要》著录此书，语云："《集千家注杜诗》二十卷（江苏巡抚采进本），不著编辑人名氏。前载王洙、王安石、胡宗愈、蔡梦弼四序。所采不满百家，而题曰千家，盖务夸摭拾之富，如魏仲举《韩柳集注》亦虚称五百家也。其句下篇末诸评，悉刘辰翁之语。朱彝尊谓梦弼所编入，然梦弼所撰，本名《草堂诗笺》，其自序内标识注例甚详，与此本不合。宋荦谓杜诗评点自刘辰翁始。刘本无注，元大德间有高楚芳者，删存诸注，以刘评附之。此本疑即楚芳编也。辰翁评所见至浅，其标举尖新字句，殆于竟陵之先声。王士禛乃比之郭象注庄，殆未为笃论。至编中所集诸家之注，真赝错杂，亦多为后来所抨弹。然宋以来注杜诸家，鲜有专本传世，遗文绪论，颇赖此书以存。其筚路蓝缕之功，亦未可尽废也。"介绍此集的编撰状况和版本状况，指出其缺点和不足，主要是说刘辰翁之评所见至浅，所集诸家之注又真赝错杂。但是没有否定其价值，认为它保存了部分有价值的文献资料，又有开拓之功。清人莫友芝的《邵亭知见传本书目》中记载了此集的版本流传情况，值得一读："《集千家注杜诗》二十卷，元高楚芳编，元刻本，页廿二行，行廿二字。明嘉靖汪壬刻，嘉靖丙申明易山人再刻，又嘉靖丙申玉几山人刻，二十卷，附《文》二卷。字大，无须溪评点。万历中许氏刻本，附《文》二卷。汲古阁有本，亦附《文》二卷。环玉山房《刘须溪评杜诗》二十二卷，又附虞、赵《七五言笺》各一卷，为二十四卷，似元刻本，然诗犹逸其半，何也？"（《集千家注杜诗》二十卷，莫友芝《邵亭知见传本书目》卷十二）此外，《铁琴铜剑楼藏书目录》中又专门介绍了此集元刊本的状况："《集千家注批点杜工部诗集》二十卷（元刊本），题'须溪先生刘会孟评点'，不著何人编辑。须溪子将孙序，谓高楚芳以旧注删订重刊，诗中旧注，俱各标名，其不标名及圈点，皆须溪笔。"（《铁琴铜剑楼藏书目录》卷十九）也值得关注。

有几点需要特别说明：一是这部《集千家注批点杜工部诗集》是在《须溪批点选注杜工部诗》之后产生的，虽然罗履泰与高楚芳都是刘辰翁的弟子，但是罗氏所刻《须溪批点选注杜工部诗》在先，高楚芳所刻《集千家注批点杜工部诗集》在后，后出转精，高刻纠正了罗刻不少讹误，比罗刻精审得多。对此，今人周采泉先生对罗履泰《须溪批点选注杜工部诗》与高楚芳《集千家注批点杜工部诗集》进行比较，最后得出结论："罗履泰与高崇兰同为刘辰翁门下士，罗刻早于高刻数年，高刻旨在校正罗刻之误。高氏平时颇留心坟典，其所刻之刘辰翁本，虽亦标《集千家》，由于刘将孙父子亲自校刻，去伪存真，于罗履泰本自有霄壤之别。"应该说这一结论是相当精当的。二是本书收录了众多有关杜诗评论的宋人诗话著作，这些诗话著作主要有欧阳修《欧公诗话》、杨万里《诚斋诗话》、葛立方《韵语阳秋》（又名《葛常之诗话》）、许颉《彦周诗话》、陈师道《后山诗话》、叶梦得《石林诗话》、蔡启《蔡宽夫诗话》、强幼安《唐子西文录》、无名氏《漫叟诗话》、黄彻《黄常明诗话》等。这些诗话阐发杜诗的角度非常多，如字词用法、典故、格律、语言、审美风格，视野极为宏阔。三是辑录了大量宋人笔记中有价值的评论杜甫诗文的资料，其中包括苏轼《东坡志林》、严有翼《艺苑雌黄》、陆游《老学庵笔记》、邵伯温《邵氏闻见录》、曾达臣《独醒志》、罗大经《鹤林玉露》、赵与时《宾退录》、赵明诚《金石录》、吴曾《复斋漫录》、蔡兴宗《蔡兴宗正异》等，文献资料的丰富性令人惊叹。本书有多方面的成就，所以对后世影响很大，被后代注家视为范本，其诗作编年、编纂体例、辑注方式、批点形式为后人所取法。如明代单复的《读杜愚得》一书中笺注典故，多取自本书。再如明代吴见思的《杜诗论文》、清代杨伦的《杜诗镜铨》、仇兆鳌的《杜诗详注》、金圣叹的《杜诗解》等评杜、注杜、解杜之作中都可以看到《集千家注批点杜工部诗集》的影响。

6.《翰林考正杜律五言赵注句解》

本书由元代赵汸撰，日本庆安四年（1651）版，据明万历年间宗文堂所藏原板刊刻。书内封上横书"增释五言律诗，万历辛亥春月"，右署"宗文堂所藏原板"，左署"郑云竹重新梓行"。接下来依次为新安吴怀保《杜律五言赵注引》、棠樾鲍松《东山先生注解杜律诗选序》。书后署："万历壬寅岁季秋月书林宗文堂云竹梓，翰林考正杜律五言诗选赵注句解卷三终，庆安四辛卯年阳历吉辰中村市兵卫开板。"书中汉字旁有日语标音。

赵汸（1319—1369），字子常，休宁（今属安徽）人，号东山，学者称"东山先生"。赵汸生而姿禀卓绝，异于常人，"初就外傅，读朱子《四书》，多所疑难，乃尽取朱子书读之。闻九江黄泽有学行，往从之游。泽之学，以精思自悟为主。其教人，引而不发。汸一再登门，乃得《六经》疑义千余条以归"。学透之后，赵汸又去求教，用时二年，得黄泽"口授六十四卦大义与学《春秋》之要。后复从临川虞集游，获闻吴澄之学。乃筑东山精舍，读书著述其中。鸡初鸣辄起，澄心默坐。由是造诣精深，诸经无不通贯，而尤邃于《春秋》。初以闻于黄泽者，为《春秋师说》三卷，复广之为《春秋集传》十五卷。因《礼记》经解有'属辞比事《春秋》教'之语，乃复著《春秋属辞》八篇。又以为学《春秋》者，必考《左传》事实为先，杜预、陈傅良有得于此，而各有所蔽，乃复著《左氏补注》十卷"。赵汸生逢元末动乱之时，天下兵起，他转侧于干戈之间，虽颠沛流离，而进修之功不懈怠。"太祖既定天下，诏修《元史》，征汸预其事。书成，辞归。未几卒，年五十有一。学者称'东山先生'。"有《春秋集传》《春秋师说》《春秋属辞》《春秋左氏补传》《春秋金锁匙》《周易文诠》及《东山存稿》等著作传世。

　　吴怀保在其《杜律五言赵注引》中首先介绍赵汸的师承："少陵公律诗七言有虞注，五言未及注。注五言者，予乡赵东山先生也。先生生元末，幼即向慕乡先生朱夫子，尽读其书，弱冠游黄楚望、虞道园之门，讲求理学渊微，故所得粹然，一出于正。"表明赵氏在思想上仰慕朱子理学，得到黄楚望、虞集的教诲。同时，又专门介绍了此书的编撰方式："其经学多著论，尤邃于《春秋》，诗学亦充然妙称一时，间仿道园之例注杜，批点极精当而发扬趣致，尤得言翁之意。又取刘须溪所论，格调、句法附之、比之，精神性情居然可见，视虞注则已详矣。呜呼，诗未易言也，生于千百载之下，而欲逆探其意趣于千百载之上，非深于造养，鲜能得其情者，故三百篇唯吾朱子说得其正。是编其亦有所契受而然乎？世之论诗，唯少陵公可继三百篇后，愚亦谓注诗者，东山公亦可迹美朱夫子也……"概括起来说，主要是两点：一是在注释体例上模仿元人虞集注释杜诗的方式，二是在具体的注释之中，又吸收了宋人刘辰翁的观点和见解。棠樾鲍松在《东山先生注解杜律诗选序》中对赵汸的师承做了更为具体的说明："乡先生东山赵先生以理学自任，文章高世，而最留心于著述。先生壮年及游黄楚望、虞道园二公之门，故其经义得于黄公为多，而文与诗则兼有得虞公也。"其中关键是说明赵汸在经学上主要得于黄楚望，而诗学则主要得于虞集，这样其学术渊源就更加清楚了。同时，棠樾鲍松对《翰林考正杜律五言赵注句解》的编撰也做了进一步的说明："虞公尝仿朱子《诗传》例，注杜诗七言律，视他注为甚善。若五言律则所未及。先生因本意乃撰集中五言律二百六十一首，为类凡有十六节注，其论格调句法则多取于刘须溪，亦善于说者也。先生之注虽因虞公，而不拘其例，不失为善学。使读之者于焉有得，即思过半矣……"既说明了赵汸编撰此书的起因，又说明了其编撰规模和注释方式。其中值得注意的是"论格调句法则多取于刘须溪"与"注虽因虞公，而不拘其例"两点，说明赵氏之注既有取法前人的一面，又有独到之处。

从中国古代诗歌史来看，本书是杜诗学史上第一个五律注本，全书分类编排，总共十六类，所注之杜甫五言律诗共二百六十一首。其注释或附于句下，或附于篇末，有长有短，不勉强作解，有心得则注，无心得则少注或者不注。所以有不少诗篇仅有圈点而无注释。其注释重点主要是典故词语、史实背景，多径引原出处。除了自己注释之外，还不时引用旧注，如黄鹤、叶梦得、张子韶、方回、刘辰翁等人之注，比较而言，引用南宋刘辰翁之注最多。同时，凡引旧注，都标出原注人名。通观全书，多有切中肯綮之解，如注解《登兖州城楼》一诗时指出："公祖审言《登襄阳城》诗云：'旅客三秋至，层城四望开。楚山横地出，汉水接天回。冠盖非新里，章华只旧台。习池风景异，归路满尘埃。'公此诗实本于其祖。""三四宏阔，俯仰千里。五六微婉，上下千年。曰'从来'则平昔怀抱可知。曰'独'则登楼者未必皆知。""'孤嶂''荒城'一联感慨深矣。时方承平，故虽哀而不伤。"再如注解《遣怀》一诗时曰："时客秦州，欲于东柯谷西枝村寻置草堂而未遂。未托意无栖鸦，所遣之怀在地。"又云："天风句，下因上。客泪句，上因下。水静句，下因上。山昏句，上因下。"简明切当，深切杜诗之旨，所以后世征引者很多，而且一版再版，翻刻极多，有一卷本、二卷本、三卷本、四卷本、不分卷本。其名也屡刻屡变，除了《翰林考正杜律五言赵注句解》一名之外，还有《杜诗类选》《杜工部五言律诗》《杜律五言注释》《杜诗赵注》《杜五言律注》等。此书在海外有多种版本流传，除此日本庆安四年翻刻本之外，《韩国所藏中国汉籍总目》载韩国雅丹文库与精神文化研究院藏有此书三种版本，其名皆作《类选杜诗五言律》，其中之一有明正德九年（1514）会稽董圯序，表明此书在韩国流传颇广。

7.《杜律集解》

本书由明代邵傅撰，日本元禄九年（1696）神雒书肆美浓屋彦兵卫刊本。该书还有其他版本，其中最早的是明万历十六年（1588）初刻本。总体上看，以藏于日本的版本为多，如日本宽文十三年（1673）油屋市郎右卫门刊本，贞享二年（1685）宇都宫标注的刊本，北京国家图书馆藏有日本贞享三年（1686）江户刻本，1974年台湾大通书局据贞享二年影印《杜诗丛刊》本。此外，日本还藏有五律、七律多种单刻本。

该版本总共六册。排版方式是半页九行十六字，四周单边，白口，单鱼尾。其书口中皆刻"杜律集解"四字。其中《五言集解》中特别题有"闽中邵傅梦弼集，陈学乐以成校"十三个字，书前有万历十六年（1588）陈学乐序；而《七言集解》则题"闽中邵傅梦弼集"七字，书前有万历十五年（1587）陈学乐序、万历十五年邵傅序。书末有方起莘跋、日本元禄八年（1695）宇都宫由的跋。凡例总共六则，并有年谱。书中五言集解分为四卷：卷一有诗六十五首，卷二有诗七十九首，卷三有诗七十八首，卷四有诗九十一首。七言集解分为上下两卷：上卷有诗六十七首，下卷有诗五十九首。诗旁加有日人译注，半页二十二行，每行三十二字，皆为密行小字。诗作占据版面二分之一，其余皆为注释，有的注释多达数页。其排版方式相对特别，与我国图书的版式设计明显不同。

邵傅，字梦弼，为福建三山（今福建福州）人，明穆宗隆庆年间贡生，王府教授。本有家学渊源。陈学乐在《刻杜工部七言律诗集解序》中称："余社友博士邵君梦弼，乃翁符台卿鳌峰公。"又说："梦弼君少小侍游官邸，业易待举，暇受内翰高廷礼所编《唐诗正声》于符卿，长游艺百家，独赏少陵氏作，口诵心惟，若神与游。"说明他受高棅《唐诗正声》一书的影响较深。陈学乐又有《刻杜工部五言律诗集解序》一文，文中记邵傅之语曰："吾于七言律也，承先符卿之橐籥，采诸名家之琼藻，自青衿至皓首，乃尔卒业。"所以，邵傅之集解杜诗，起源于他的父亲邵符卿，此后又遍览诸名家注杜之作，博采众长而成。具体成书过程，陈学乐在《刻杜工部五言律诗集解序》中有所介绍，从中可以看出，邵傅首先所集的是杜甫的七言律诗："杜工部七言律，邵博士集诸注而正之，易囊者屡屡，仍不自是，出以示余，余阅之，叹其善，发杜老之蕴，而信其为可传也。乃谕之梓，梓行，业诗者争凭之，作蹊径以入杜氏门墙。"完成杜诗七言律集解之后，邵傅又在陈学乐的启发、建议之下，着手集杜甫的五言律诗："余曰：'君能然吾言，而四方君子亦能重君。举诗教其有兴乎？第昔之评少陵氏，作者曰七律圣矣，五律神矣焉。非圣无以入神，此君之所以先注七言律也。然非神曷以尽圣？五言律注可独阙欤？'博士君曰：'……五言律可易易注乎？'余曰：'取材六朝，用格陶谢，此少陵之所以声诸诗也，君披六朝之典故，习陶谢之风调，矧宦游涉万里途，家学承万卷书，取而注之，犹象罔之得玄珠也。'博士君唯唯，遂杜门扫轨，几八月而稿就，授余，俾订之。余曰：'少陵氏去千百祀前，今读其诗，想其襟抱，如见当日焉。非得君为余绍介邪？盍并梓之，后必有协律都尉者出焉。比之共登诸乐府，则五金七玉，器无不全；金声玉振，音无不备……'"所以，此书之成，确实与陈学乐的帮助有很大关系。

本书在体例上主要师法单复《读杜愚得》所采取的新定年谱编年法进行编次。单复的《读杜愚得》是编年类注本，表现出的突出倾向是注意知人论世、知世论诗："以次序其诗，且以见游历用舍之实，考究地理时事，以着其当时所闻所见之实及用事之妙。"（《读杜愚得·凡例》）为此，书中在宋人所编杜甫年谱的基础上，重新加以编定，着重介绍诗人所处的时代与社会背景，重点是政治大事、军事大事、重要人物的活动、社会大事，以及主要亲友之要事，不仅杜甫的主要生平事迹尽收眼底，而且其大量作品都有系年。同时，还广泛搜集宋人的诗话、笔记以及明人的相关材料解释具体作品，并且注意甄别前人的成果。当然，书中较多的还是单复自己的评论，有的是对作品的直接评点，有的是对前人评论的辩证。不能否认，其作品系年，以及对作品的解释和评论都有不当之处，但是从总体上看，此集中对《杜子年谱》体例之创新，对杜甫生平事迹系年之发明，对杜诗采用集注之形式，以及知人论世、知世论诗之方法等都有超越前人之处，总体成就不能否定。清代四库馆臣们所谓"是编冠以新定年谱，亦未免附会。其笺释典故，皆剽掇千家注，无所考证。注后隐括大意，略为训解，亦循文敷衍，无所发明"（《四库全书总目提要》）等批评，未免太过刻薄。

晚唐孟棨提出的杜诗"诗史"之说以后，在宋代得到积极的响应，宋人从传统的"知人论世"角度为杜诗编年，一方面记录杜甫本人的经历，另一方面又描绘了唐代的历史事实，以补史书之缺。如吕大防的《杜工部年谱》、赵子栎的《杜工部草堂诗年谱》、蔡兴宗的《重编杜工部年谱》、鲁訔编撰的《杜工部诗年谱》、吴仁杰的《杜子美年谱》、梁权道的《杜工部年谱》、王十朋集注的《王状元集百家注编年杜陵诗史》都是典型代表。特别值得称道的是王十朋集注的《王状元集百家注编年杜陵诗史》，其突出的贡献是把杜诗的"编年"与"诗史"联系起来，揭示出二者之间的内在联系。单复的《读杜愚得》正是在参照宋谱基础之上，再重新为杜诗编年。他的《重定杜子年谱诗史目录》，更把年谱与目录并在一起，体例清晰，按照时间顺序，始于杜甫出生，终于杜甫去世，基本分三个层次：第一层写当年重要时事，第二层写杜甫交游与行迹，第三层列出杜诗篇目，应该说是开创了以诗系年的新体例。邵傅在《集解·凡例》中说："杜年谱，单复重定，随杜出处，疏诗自于下，见诗与史合也，当以单为的。"所以，邵傅《杜律集解》的体例与单复之作基本相同。小有不同的是，邵傅在其《七律集解》卷上最后五首诗及卷下六首诗的诗题之下，特别加上双行小注，专门说明该诗当在某诗下等，这可以说是邵傅《杜律集解》在体例上的一点创新。

除了体例上的特点之外，本书在注释上也有可取之处，主要是把重点放在发明诗旨方面，而不是单纯考释字句。邵氏本人在《集解·凡例》中专门说明了这一点："杜公诗中引用典故、山川、名物，集中撮要注释，盖意在发明诗旨耳。若一一举之，不唯难偏且纷。诗义博雅，君子当自类推。"考察其注释，也基本做到了这一点，如对《雨不绝》一诗中"鸣雨既过渐细微"一句的解释，《集解》曰："默翁曰：此咏物一体也。

首以本体言，次以物理言，又次以神异言，末以人事言。诗之佳处在言用不言体，故此诗次联以下皆言用也。愚谓此评备录，可为咏物一助，然亦不可拘拘也。"邵傅一方面用曹英的注解阐述自己的意见，另一方面又特别强调"不可拘拘"。再如《春夜喜雨》诗后之说解："春乃发生之候，而雨及其时，且入夜不骤，则暗润潜滋，虽无声可闻，然明日江城之花勃然见其生色矣，是故喜之。草木当春，发生而滋息，多在于夜。腹联言其入夜，结句验其发生。"也是将重点放在发明诗旨方面，没有拘泥于字句。

当然，本书也有明显的不足。一是本来自己已经说明其注释重点在发明诗旨，不拘泥于字句，但是实际上书中不时有过分咬文嚼字之处。如《寒食》中在"田父要皆去"句后专门解释"要"字："平声招要也"。"邻家问不违"句后专门解释"问"字："谓相问遗"。二是其解诗之时，时见空泛之论。如《春日怀李白》一诗后的解释："相思而不相见，故叹；何时重与日，重则尝论矣。"空泛而不深刻，不得要领。再如关于杜甫《曲江对雨》的解读："四句对雨写怀，而所思者切也。时肃宗初拆左右羽林军为龙武军，故曰新。朝廷多事，莫游曲江，只居大内，故曰深驻辇。芙蓉城虽连近曲江，圣辇既不来游，则芙蓉别殿徒焚香，望幸也。漫，犹徒也。开元盛时，曲江合宴，赐金钱会，赐太常乐。今俱寂然，故曰何时，恐难再见也。曰暂醉，欲斯须不可得也。"说了很多，但是流于浮泛。

8.《杜工部七言律诗分类集注》

本书由明代薛益撰，二卷，日本藏版。封一手书书名《杜工部七言律诗》，内封右题"薛虞卿先生集注"，左标"金阊五云居梓行"，中题"杜工部七言律诗"。正文一为徐如翰《杜工部七言律诗分类集注序》；二为林云凤《薛虞卿先生杜律七言集注序》；三为薛益所撰《集注杜诗歌》；四为杨士奇的《杜律虞注旧序》；五为白云漫史（谢杰）的《少陵纪略》；六为白云漫史《杜律心解题词》，文中抄录《遁斋闲览》，以及王安石、元稹、宋祁诗话四则；七为白云漫史的《杜律虞注叙略》；八为薛益自己所写的跋语；九为修默居士《杜律心解凡例》，书后标"庆安四辛卯年四月吉祥日中村市兵卫开板"。

薛益，一作薛明益，字虞卿，号古狂生、广文先生，长洲（今江苏苏州）人，书学钟繇、王羲之、张旭、怀素，为明末书法大家，其小楷被誉为"文徵明之后第一人"。他还精于佛学，专习净业宗，更善诗学。明崇祯年间，曾以贡生官泸州（今属四川）训导。林云凤在《薛虞卿先生杜律七言集注序》中对薛益人生经历、学问、才能等有详细介绍：一则介绍薛氏编辑该书之起因："明杨文贞序《杜律虞注》，疑其不出伯生之手。余尝考之，有云元进士张性伯成，所为也穿凿龃龉，附会牵合，不无'枚杜'之讹，'根银'之误，'鲁鱼''帝虎'之错，'腊猎''璋麞'之谬，令人心目徽缠，莫克了了。余友薛虞卿先生，有慨焉，亟以厘正增注自任，久之成书。余乍见而警怖，其言如河汉而无极，三四读不自知其沉缅濡首矣。"二则介绍薛氏的才能和经历，并且与杜甫相比附，首先说明薛益与杜甫在人生经历上有五个相同点："盖先生履历同于杜者五，胜于杜者六。故能设身以处其地，推心以代其口，抗眉列论，抵掌击节，若起杜于九京而与之。上下千古，晤言一室，揖之而即前，呼之而即应也。杜下第困长安献《三大礼赋》，而先生以名诸生入成均，贡于京师，其同于杜者一；杜谒肃宗，特授左拾遗，而先生奉恩旨除授泸州儒训，不繇荐援，其同于杜者二；杜号'诗史'，而先生所辑郡乘，博学宏词当道引重，及吟咏篇什，古今诸体，炉锤焕然一新，无一字无来处，其同于杜者三；杜幽居浣花而先生化蜀之余，怀湘吊屈，寻成都之卜肆，问临邛之酒垆，其同于杜者四；杜自比稷契，情不忘君，而先生服膺邹鲁，性耻折腰，忧盛危明膏施未究，其同于杜者五。"所比不免牵强，过于溢美，不过也说明薛益的人生经历还是比较丰富的，对其解读杜诗还是有些益处的。同时，他还指出薛氏胜于杜甫之处："杜扁舟下荆楚，绝无地主，而先生所至争相延款，载酒问奇，户外履交错，其胜于杜者一；杜挈家依严武，几遭其杀，而先生里居之宅，则长洲江令公所赠，兼有诗期玉堂；弃官杜门，则开府张公，隆式庐之典，署其门曰'盛世醇儒'，其胜于杜者二；杜流落剑南，负薪拾橡，稚子恒饥，而先生足不下楼，心织笔耕，重以钟、王、旭、素，衣钵兼传，大名最早，青蓝晋国，胜于杜者三；杜故交零落，唯朱山人为邻，不闻能诗，而先生同社多鼎贵，或奉为师表，或待以父执，其胜于杜者四；杜年未六十厄于耒阳，而先生登耄耋，色腴神王，能于灯下作蝇头小楷，其胜于杜者五；杜与巳公、旻公、赞公游，而禅定未习，先生谢客数年，长斋奉戒，日惟焚香写经，回向专精净业，居然莲台中人，其胜于杜者六。"同前面所谓"同于杜者五"一样，过于溢美和牵强。最后说明薛氏的才能与学问："唯先生同于杜者五，胜于杜者六，况本千二百意无烦，钩深索隐，吊诡挟奇，而杜之绮丽秾郁者，平淡蕴藉者，悲壮浑涵者，清雄老秀者，险拙含蓄者，感慨沉郁者，顿挫抑扬者，纡回曲折者，开阖节凑者，一百五十一章之中，靡不贯彻而会通之，昔人谓杜诗'无一字无来处'，又谓'不读万卷书看不得杜诗'，非先生于俗间经书，有惠施之五车，李克之四部，茂先之三十乘，兰台、石仓、天禄、酉阳之储，何以臻此哉！……"薛氏特殊的生活经历和丰富的才能与学问对其解读杜诗颇有作用，从中我们也可以看出薛益之所以能够完成此书，确实与其才学不无关系。

徐如翰在《杜工部七言律诗分类集注序》中对此书的编撰情况也做了说明，文中先说注杜诗之难："盖余学与年俱进，则工部与余年俱深。相人之质，以读工部之诗，高者见其高，清者见其清，权奇雄奥者，见其权奇雄奥，如观舍利，本无定光，随人自异。昔陶渊明读书不求甚解，则善读书。然紫阳诸君，以一人之识，一时之谛，束缚天下后世聪明才辩之士，使不敢动，上以爱先圣贤之灵，下以宪时王之制，则注之思微而功著也。他如辅嗣注《易》，郭象注《庄》，俱于旧注外为解义，妙柝奇致。故读古人书者，必传古人之心，传古人之心者，必更传古人未尽传之心。工部忠爱热中，所为诗狱词严耸，则类《春秋》；美刺委至，则拟《风》《雅》。作者固难，则注者不易。故昔人有云：'读书不破万卷，看不得杜诗。'看且难，而况于注乎？"简而言之，因为杜甫诗既有《春秋》笔法，又继承《诗经》美刺精神和比兴手法，本人更"读书破万卷"，所以"作者固难，则注者不易"。然后介绍薛益此集的编撰过程及其方法："向来注者无虑十数家，而虞注最称有得，然一人之意见，览识终未或尽，故尚多舛缺，欲增正之，抑又难言之矣。余友长洲薛虞卿兄，真胸中破万卷人也，迩且杜门谢客，坐卧一高楼中，即家之人，亦不得数起居焉。朝夕唯与三乘九籥为伍，如此者六载于兹，故其慧境弥朗，悟地弥超，仍不废酬赓咏歌，以资真性，因忆夙所稽核《杜律虞注》之误阙。如《观造竹桥》一篇二舛，及少微自居，为话家共指。其他'金根''伏猎'等，讹'悉'为'厘'，正千秋暗室，一旦光融，遂使两情皆得，彼此俱畅，岂唯少陵知己，实为邵庵得朋矣。"此序表明，《杜工部七言律诗分类集注》一书是在托名《杜律虞注》一书的基础之上进行的，目的主要是补《虞注》之阙误。

本书共二卷，收入杜甫七律一百五十一首，分类编排，总体上分为三十二类，其中上卷为纪行、述怀、怀古、将相、宫殿、省宇、居室、题人屋、宗族、隐逸、释老、寺观、四时等十三类；下卷为节序、昼夜、天文、地理、楼阁、眺望、亭榭、果实、舟楫、桥梁、燕饮、音乐、禽兽、虫类、简寄、寻访、酬寄、别送、杂赋等十九类。卷数、门类数及诗歌编次，与前人伪托的虞集所注杜诗完全相同。书中的注解也明显沿袭明人注诗的通例，首先标出赋、比、兴体例，其余部分也大体同伪虞注相同。所不同的是，该书对于伪虞注的讹误之处进行辨正，这是其创新之处。薛益自己在《跋》中说得很明白："究竟李唐一代，诗篇唯杜白为华夷诵读，乃虞注出之最晚，真耶赝耶，而独与偕参之，坡仙奎宿章蔡辈，铲灭无遗，文翰终行千古，事类一脔而帝则必察全鼎可知。用是只管笺杜，一秉于虞，误则竭博稽之力，正则任习气之口，前庚辰岁始事，再庚辰岁告成。"意思很清楚，虽然其体例等方面"一秉于虞"，但是对虞注中的讹误则竭力进行考据、纠正。如此书在注《观造竹桥》一诗之时，便对虞注的错误进行纠正，没有以讹传讹。所以，就注释而言，此书总体成就超过了伪托的《杜律虞注》。

9.《杜律五言集解》

本书为日本明治二十八年（1895）写本，现藏于日本早稻田大学图书馆。书前有陈学乐的《刻杜工部五言律诗集解序》，正文中标"闽中邵傅梦弼集，陈学乐以成校"，书后署"明治二十八年九月十有五日于岩屋山长谷精舍写之"。书中收杜甫五言律三百八十七首，其中别录高适《赠杜二拾遗》一首，全书共分四卷。经查，本书抄自明万历十六年（1588）刻本《杜律集解》，两书时间相差三百多年。原书六卷，前面四卷除收杜甫五言律诗三百八十七首之外，又录高适《赠杜二拾遗》一首，这是两书一致之处。不同的是，《杜律集解》还收入杜甫七言律诗一百三十七首，分上、下两卷，皆由邵傅同里陈学乐为之校刊。《杜律集解》初刻本我国已无传本，但是在日本则有多种版本，今日本国会图书馆、公文书馆尚有藏本。可以见到的主要有：宽文十三年（1673）日本油屋市郎右卫门刊本；贞享二年（1685）刊本；贞享三年（1686）江户刻本；元禄九年（1696）日本神雒书肆美浓屋彦兵卫刊本，此本七律卷前尚有"杜工部年谱"，卷末有宇都宫跋，篇末、书眉还有宇都宫为补正邵注而辑录之朱鹤龄《杜诗辑注》、张远《杜诗会稗》、顾宸《杜诗注解》等有关注解。北京国家图书馆藏有日本贞享三年江户刻本，此本为马同俨、姜炳炘《杜诗版本目录》著录；台北"国立中央图书馆"藏有日本贞享二年（1685）刊本及元禄九年刊本，宇都宫标注；1974年台湾大通书局据贞享二年刊本影印《杜诗丛刊》本，然误标为元禄九年刊本。据查，今福建省图书馆也藏有《杜律集解》，但不是原刊本，而是明末邵明伟刊本。现在，《杜律五言集解》国内目前尚未见传本，所以白有其特殊价值。邵傅其人及其经历，前《杜律集解》提要中已有介绍，这里不再重复。

《杜律五言集解》经与《杜律集解》一书比对，除了写本这一特点之外，其他没有多大区别。所以，阅读此集主要应该参看《杜律集解》，相关信息也请参看前面《杜律集解》之提要。

10.《钱注杜诗》

本书由清代钱谦益笺注，美国哈佛大学汉和图书馆藏康熙六年（1667）静思堂刊本。书中内文第一页有藏书印"哈佛大学汉和图书馆珍藏印"，下面依次为钱谦益《草堂诗笺元本序》、季振宜于康熙六年所写之序、钱氏《注杜诗略例》《少陵先生年谱》，接下来是《杜工部集目录》，然后是正文部分。本集二十卷，是钱谦益精心结撰之作，从明崇祯六年（1633）开始，到清康熙二年（1663）去世前夕完成，用时三十年，可见用力之大。该书综合钱谦益早年的《读杜随笔》《读杜小笺》《读杜二笺》，体例上是按体分编，而在一体之中，大体按照时序编年。其中卷一至卷八是杜甫的古体诗，共选诗四百一十五首；卷九至卷十八为杜甫的近体诗，选诗一千零九首；卷十八附诗四十八首；卷十九与卷二十是文与赋。书前有两序：一为钱谦益序，一为季振宜序，前者说明此集之刊刻与出版原委，后者专门说明笺注问题。之后是钱谦益的注杜略例，说明此集的体例与笺注方式与方法。书后附元稹《唐故检校工部员外郎杜君墓系铭》《旧唐书·文苑传》、樊晃《杜工部小集序》、孙仅《赠杜工部诗集序》、王洙《王内翰序》、王琪《后记》、胡宗愈《成都新刻草堂先生诗碑序》、吴若《杜工部集后记》《少陵先生年谱》、诸家诗话、唱酬题咏等十一件。本集最突出的特色是创新，其表现一是运用多种方法对杜诗进行综合性研究，所以其观点较之以前的研究更为全面、客观；二是以史证诗，即通过对杜诗涉及的历史典章、地理、事实等的笺注考证，探讨作者的思想和作品的意旨。所以本书有开风气之先的作用。

钱谦益本人在《草堂诗笺元本序》中对此书编撰的相关事宜做了说明。其一，说明编撰缘起及其参与者："余为《读杜笺》，应卢德水之请也。孟阳曰：何不遂及其全？于是取伪注之纰缪、旧注之踳驳者，痛加绳削，文句字义，间有诠释；藏诸箧衍，用备遗忘而已。吴江朱长孺，苦学强记，冥搜有年，请为余摭遗决滞，补其未逮。余听然举元本畀之。长孺力任不疑，再三削稿，余定其名曰'朱氏补注'，举陆务观注诗诚难之语，以为之序，而并及天西采玉门求七祖二条，以道吾所以不敢轻言注杜之意。今年长孺以定本见视，亟请锓梓，仍以椎轮归功于余。余蹴然不敢当，为避席者久之。"（清钱谦益《钱注杜诗序》，上海古籍出版社校点本《钱注杜诗》卷首）钱谦益指出此书编撰是"应卢德水之请"，参加者有吴江朱长孺，"摭遗决滞，补其未逮"。其二，说明注杜诗之难："盖注杜之难，不但如务观所云也。今人注书，动云吾效李善。善注《文选》，如《头陀寺碑》一篇，三藏十二部，如瓶泻水。今人饾饤拾取，曾足当九牛一毛乎？颜之推言：观天下书未遍，不得妄下雌黄。何况注诗，何况注杜！少陵间代英灵，目空终古。占毕儒生，眼如针孔，寻扯字句，割剥章段，钻研不出故纸，拈放皆成死句，旨趣滞胶，文义违反。吕向谓善注未能析理，增改旧文，唐人贬斥，比于虎狗凤鸡，宁可用罔，复蹈斯辙？樊晃《小集》出于亡逸之余，初无次第，秦中蜀地，约略排缵，有识者聊可见其为事之早晚，才力之壮老。今师鲁訔、黄鹤之故智，钩稽年月，穿穴璅碎，尽改樊、吴之旧而后已。鼷鼠之食牛角也，其啮愈专，其入愈深，其穷而无所出也滋甚。此亦鲁訔辈之善喻也。余既不敢居注杜之名，而又不欲重拂长孺之意，老归空门，拨弃世间文字，何独于此书，护前鞭后，顾视而不舍？然长孺心力专勤，经营惨淡，令其久锢不传，必将有精芒光怪下六丁而干南斗者，则莫如听其流布，而余为冯轼寓目之人，不亦可乎？"（清钱谦益《钱注杜诗序》，上海古籍出版社校点本《钱注杜诗》卷首）一引颜之推之言，说明注书之难："观天下书未遍，不得妄下雌黄。"二由杜甫本人的特殊性入手，说明注杜诗之难："少陵间代英灵，目空终古。"注释其诗，实在困难。其三，具体说明此书的编撰方式、体例、宗旨："族孙遵王，谋诸同人曰：草堂笺注，元本具在，若《玄元皇帝庙》《洗兵马》《入朝》《诸将》诸笺，凿开鸿蒙，手洗日月，当大书特书，昭揭万世，而今珠沉玉锢，晦昧于行墨之中，惜也。考旧注以正年谱，仿苏注以立诗谱，地里姓氏，订讹斥伪，皆吾夫子独力创始，而今不复知出于谁手，俱也。句字诠释，落落星布，取雅去俗，推腐致新，其存者可咀，其阙者可思。若夫类书谰语，掇拾补缀，吹花已萎，哕饭不甘，虽多亦奚以为？今取笺注元本，孤行于世，以称塞学士大夫之望；其有能补者续者，则听客之所为。道可两行，罗取众目，瑜则相资，颣无相及，庶几不失读杜之初指，而亦吾党小子之所有事也。余曰：有是哉！平原有言：'离之则双美，合之则两伤。'此千古通人之论也。因徇遵王之请，而重为之序，以申道余始终不敢注杜之意。"（清钱谦益《钱注杜诗序》，上海古籍出版社校点本《钱注杜诗》卷首）从"考旧注以正年谱，仿苏注以立诗谱，地里姓氏，订讹斥伪""句字诠释，落落星布，取雅去俗，推腐致新"数语之中，可以看出此书的笺注确实下了很多功夫。

此外，本书中的《注杜诗略例》也很重要。第一，说明删削情况："吕汲公大防作杜诗年谱，以谓次第其出处之岁月，略见其为文之时，得以考其辞力少而锐、壮而肆、老而严者如此。汲公之意善矣，亦约略言之耳。后之为年谱者，纪年系事，互相排缵，梁权道、黄鹤、鲁訔之徒用以编次后先，年经月纬，若亲与子美游从，而籍记其笔札者；其无可援据，则穿凿其诗之片言只字，而曲为之说，其亦近于愚矣。今据吴若本，识其大略，某卷为天宝末乱作，某卷为居秦州、居成都、居夔州作，其紊乱失次者，略为诠订，而诸家曲说，一切削去。"第二，说明对赵次公、蔡梦弼、黄鹤三家注杜的取舍："杜诗昔号千家注，虽不可尽见，亦略具于诸本中，大抵芜秽舛陋，如出一辙。其彼善于此者三家：赵次公以笺释文句为事，边幅单窘，少所发明，其失也短；蔡梦弼以捃摭子传为博，泛滥踏驳，昧于持择，其失也杂；黄鹤以考订史鉴为功，支离割剥，罔失指要，其失也愚。余于三家，截长补短，略存什一而已。"第三，对黄庭坚、刘辰翁之学杜、评杜进行深入分析和评价："宋人之宗黄鲁直，元人及近时之宗刘辰翁，皆奉为律令，莫敢异议。余尝为之说曰：自宋以来，学杜诗者莫不善于黄鲁直；评杜诗者，莫不善于刘辰翁。鲁直之学杜也，不知杜之真脉络，所谓'前辈飞腾，余波绮丽'者，而拟议其横空排异、奇句硬语，以为得杜衣钵，此所谓旁门小径也。辰翁之评杜也，不识杜之大家数，所谓'铺陈终始，排比声韵'者，而点缀其尖新俊冷，单词只字，以为得杜骨髓，此所谓一知半解也。弘、正之学杜者，生吞活剥，以捃扯为家当，此鲁直之隔日疟也，其黠者又反唇于西江矣。近日之评杜者，钩深抉异，以鬼窟为活计，此辰翁之牙后慧也，其横者并集矢于杜陵矣。今之注杜，实深有慨矣，而未能尽发也，其大意则见于此。"钱谦益认为黄庭坚学杜所得为"旁门小径"，未得神髓；刘辰翁之评杜诗，"不识杜之大家数""一知半解也"。这些观点都是值得注意的。第四，列举各家注杜的错谬，尤为精审，具体为以下几种：

一曰伪托古人。世所传伪苏注，即宋人《东坡事实》，朱文公云闽中郑昂伪为之也。宋人注太白诗，即引伪杜注以注李，而类书多误引为故实。如《赠李白》诗"何当拾瑶草"，注载东方朔《与友人书》，元人编《真仙通鉴》、近时人编《尺牍书记》并载入矣，洪容斋谓疑误后生者此也。又注家所引《唐史拾遗》，唐无此书，亦出诸人伪撰。

一曰伪造故事。本无是事，反用杜诗见句，增减为文，而傅以前人之事。如伪苏注"碧山学士"之为张褒，"一钱看囊"之为阮孚，"昏黑上头"之为常琮是也。蜀人师古注尤可恨，"王翰卜邻"，则造杜华母命华与翰卜邻之事；"焦遂五斗"，则造焦遂口吃，醉后雄谭之事。流俗互相引据，疑误弘多。

一曰附会前史。注家引用前史，真伪杂互。如王羲之未尝守永嘉，而曰庭列五马。向秀在朝，本不任职，而曰继杜预镇荆。此类如盲人瞽说，不知何所来，而注家犹传之。

一曰伪撰人名。有本无其名而伪撰以实之者，如卫八处士之为卫宾，惠荀之为惠昭、荀珏，向卿之为向询是也。有本非其人妄引以当之者，如韦使君之为韦宙，马将军之为马璘，顾文学之为顾况，萧丞相之为萧华，己公之为齐己也。至"前年渝州杀刺史"一首，注家妄撰渝、遂刺史及叛贼之名，而单复《读杜愚得》遂系之于谱，尤为可笑。

一曰改窜古书。有引用古文而添改者，如慕容宝樏蒲得卢，添"袒跣大叫"四字。《赭白马赋》用"品艺骁腾"为句，而《蜀都赋》"觞以缥青""一醉累月"，断裂上下文，以就蜀酒之句也。有引用古诗而窜易者，如庾信"蒲城桑叶落"，改为"蒲城零落酒"；陆机"佳人眇天末"，改为"凉风起天末"是也。此类文义违反，大误后学，然而为之者亦愚且陋也。

一曰颠倒事实。有以前事为后事者，如《白丝行》以为刺窦真，萧京兆以为哀萧至忠是也。有以后事为前事者，如《悲青坂》而以为邺城之役，雍王节制而以为朱滔、李怀仙之属是也。

一曰强释文义。如"披垣竹埤梧十寻"，解之曰：垣之竹，埤之梧，长皆十寻。有是句法乎？如"九重春色醉仙桃"，解之曰：入朝饮酒，其色如春。有此文理乎？此类皆足以疑误末学，削之不可胜削也。

一曰错乱地理。如注龙门，则旁引禹贡之龙门，不辨其在洛阳也。注土门、杏园，则概举长安之土门、杏园，不辨其在河南也。注马邑，则概举雁门之马邑。不辨其在成州也。诸家唯黄鹤颇知援据，惜其不晓抉择耳。

这是阅读此书之时必须注意的。从中可以看出，钱谦益在杜诗研究方面，确实具有深湛的功力，是杜诗学方面无可争议的大家。

11.《杜工部诗集辑注》

本书共二十三卷，清朱鹤龄辑注，美国哈佛大学汉和图书馆藏康熙年间金陵叶永茹万卷楼刻本，书的封一便有美国哈佛大学汉和图书馆藏书印"哈佛大学汉和图书馆珍藏印"。书前依次有钱谦益《吴江朱氏杜诗辑注序》、朱鹤龄本人手简、计东《朱氏杜诗辑注序》、朱鹤龄识语及《辑注杜工部集序》；接下来附录杜集旧序、跋、记多种，依次为樊晃《杜工部小集序》、王洙《杜工部集序》、王琪《后记》、胡宗愈《成都新刻草堂先生诗碑序》、王安石《杜工部诗后集序》、李纲《校定杜工部集序》、吴若《杜工部集后记》、郭知达《校定集注杜诗序》、蔡梦弼《杜工部草堂诗笺跋》、元稹《唐故检校工部员外郎杜君墓系铭》、《旧唐书》杜甫本传、朱鹤龄订《杜工部年谱》《辑注杜工部集凡例》《编注杜集姓氏》，又列宋诸家注杜诗者共二十四人，各注明所撰书名；之后又列《同郡参订姓氏》，共二百人次；最后为本书目录。正文首页也加盖美国哈佛大学汉和图书馆藏书印"哈佛大学汉和图书馆珍藏印"。

朱鹤龄（1606—1683），字长孺，吴江（今属江苏）人，明诸生。颖敏嗜学，明清易代之后，"屏居著述，晨夕一编，行不识途路，坐不知寒暑。人或谓之愚，遂自号'愚庵'。尝曾自谓'疾恶如仇，嗜古若渴。不妄受人一钱，不虚诳人一语'。著《愚庵诗文集》"。起初，朱鹤龄主修文章之学，后来与顾炎武为友，"炎武以本原相勖，乃湛思覃力于经注疏及儒先理学"。他认为易理至宋儒已明，但是《左传》《国语》所载占法，皆言象，本义虽精却多有未备之处，于是撰《易广义略》四卷；又认为蔡氏释书未精，斟酌于汉学、宋学之间，撰《尚书埤传》十七卷；又认为朱子掊击《诗小序》太过，于是又与同县陈启源参考诸家说，兼用启源说，疏通序义，撰《诗经通义》二十卷；又认为胡氏传《春秋》多偏见凿说，便合唐、宋以来诸儒之解，撰《春秋集说》二十二卷；又感觉杜氏注《左传》未尽合，俗儒又以林氏注紊之，详证参考，撰《读左日钞》十四卷。此外"又有《禹贡长笺》十二卷，作于胡渭《禹贡锥指》之前，虽不及渭书，而备论古今利害，旁引曲证，多有创获"。朱鹤龄才学显著，与螯屋李中孚（颙）、余姚黄太冲（宗羲）、昆山顾宁人（炎武）并称海内"四大布衣"，在经、史、子、集各方面都有很深的造诣，尤长于笺疏之学，所笺注之杜甫、李商隐诗，盛行于世。所以钱谦益称赞他"诗道之端庄，经学之渊博，一时文士罕有其偶"（钱曾笺注，钱仲联标校《钱牧斋全集》，上海古籍出版社 2003 年版）。在治经、史的同时，朱鹤龄还曾与顾炎武等一起参加明遗民组织的惊隐诗社，进行诗文创作。其一生著述颇丰，主要有《诗经通义》《春秋集说》《尚书埤传》

《禹贡长笺》《读左日钞》《李义山诗集笺注》《愚庵诗文集》与这部《杜工部诗集辑注》等著作传世。年七十余卒。

关于此集的编辑问题，朱鹤龄自己在题识中已经做了说明："愚素好读杜，得蔡梦弼草堂本点校之，会粹群书，参伍众说，名为辑注。乙未（顺治十二年）馆（钱谦益）先生家塾，出以就正。先生见而许可，遂检所笺吴若本及九家注，命之合抄，益广搜罗，详加考核，朝夕质疑，寸笺指授，丹铅点定，手泽如新。卒业请序，箧藏而已。壬寅（康熙元年）复馆先生家，更录呈求益。先生谓所见颇有不同，不若两行其书。"从这里我们可以得知：《杜工部诗集辑注》在顺治十二年（1655）初稿已经完成，本来打算同钱谦益的《钱注杜诗》合并为一书刊刻，但是，钱谦益认为彼此的见解颇有不同，于是便各自独立刊出。由计东《朱氏杜诗辑注序》作于康熙九年（1670）冬可以推断此书刊出的时间在康熙十年（1671）前后。其版本除了康熙年间金陵叶永茹万卷楼刻本外，在乾隆年间也有刊刻，即金陵三多斋翻刻本，书名为《杜诗笺注》，里面的钱谦益序也去掉了。据《清高宗实录》记载，谦益去世近百年后，乾隆皇帝对他进行了猛烈批判，特别指出："钱谦益本一有才无行之人，在前明时身跻贰仕，及本朝定鼎之初，率先投顺，洊陟列卿。大节有亏，实不足齿于人类。"又特地作诗："平生谈节义，两姓事君王。进退都无据，文章那有光。真堪覆酒瓮，屡见咏香囊。末路逃禅去，原为孟八郎。"修《清史列传》之时，还特地破了史记体例，增立《贰臣传》，将钱谦益与洪承畴同列贰臣，列为最末等。因此钱氏之书皆为禁书，其诗文也在被禁之列，所以坊贾在翻刻《杜工部诗集辑注》之时改了书名，同时去掉了此书中钱谦益所写之序。

本书没有总目，每卷分别有自己的目录，放置于每卷之首。其中二十卷之后有"失编一首"，其诗为《晚秋长沙蔡五侍御饮筵送殷六参军归澧觐省》。此外，二十卷之后又有《杜工部集外诗》。经统计，全书总共收诗 1457 首，书中每卷前均列参订者，人数各卷有所不同，有的多达四十余人，其中很多人都是诗坛上的大家或者名流。就此书中的杜诗辑注而言，主要特点首先是博采众长，去其杂芜与谬误；其次是在字句注训方面下了较深的功夫，总体上要比钱谦益之注详细完整，所以便获得好评，如仇兆鳌在其《杜诗详注·凡例》中就将此书与钱谦益的《钱注杜诗》进行比较，揭示其成就："近人注杜，如钱谦益、朱鹤龄两家，互有同异。钱于《唐书》年月、释典道藏，参考精详；朱于经史典故及地里职官，考据分明。其删汰猥杂，皆有廓清之功。"（《杜诗详注》，日本早稻田大学藏清康熙三十二年版）今人蔡锦芳在其《朱鹤龄〈辑注杜工部集〉研究》（《杜甫研究学刊》1990 年第 1 期）一文中也对此书做了高度评价，认为该书"是一个集大成的善本，它上承总结宋代杜诗学的蔡梦弼《草堂诗笺》，近补别开生面的钱牧斋《杜诗笺注》，下惠博采众说的仇兆鳌《杜诗详注》，远启最精简的杨伦

《杜诗镜铨》，使杜诗学史上下贯通，一脉相承"。认真研读此书之后，我们觉得这样的评价基本合乎实际。

12.《读书堂杜诗注解》

本书由清代张溍撰，美国哈佛大学图书馆藏清康熙三十七年（1698）刊本。本书封一下方便有美国哈佛大学图书馆藏书印"哈佛大学图书馆珍藏印"。书中内封右上署"淦阳张上若先生遗书"，中署书名《杜诗注解》，左下标"读书堂藏板"。后面依次为阎若璩《杜诗注解序》、宋荦《杜诗注解序》、张溍子张榕端题记、宋王洙《杜工部诗史旧集序》、王安石《杜工部诗集后序》、胡宗愈《成都草堂诗碑序》、蔡梦弼《杜工部草堂诗笺跋》、杜甫年谱、新旧《唐书》杜甫本传、元稹《唐故检校工部员外郎杜君墓系铭》、本书目录等，注解正文首页下也有美国哈佛大学图书馆藏书印"哈佛大学图书馆珍藏印"。

张溍，字上若，磁州（今河北邯郸）人，生于明天启元年（1621），生而颖悟，"年十二补诸生"。顺治九年（1652）进士，官翰林院庶吉士。性至孝，轻于仕途经济，以母病乞归，家居二十年，不事交游，闭门读书，尤喜杜诗。尝荟萃古人格言懿行，教诲子弟。又辑其父遗书，编辑《云隐堂集》三十卷，行于世。康熙十七年（1678）卒，享年五十七。著有《澹宁集》十卷。《碑传集》卷四十三有传。

此集为诗文合集，以明长洲许自昌刻《集千家注杜诗》为底本，删节其注之冗复芜杂者。每诗之下有评语与圈点，其注多己注，亦采他人如钱谦益、朱鹤龄之笺注。从时间上看，应该是其晚年家居所作，共注解杜诗一千四百五十四首、杜文二十八篇。始自顺治六年（1649），成于康熙十二年（1673），用时二十四载，五易其稿乃成。此集有清康熙三十七年（1698）张氏读书堂刻本，十二册，二十卷，又有文集注解二卷，杜工部编年诗史、年谱及目录一卷。书中有其子张榕端识语："先大人幼承司马公庭训，就傅后，耽心坟典，性无他好。己丑捷南宫，壬辰登第选馆，淡于宦情。里居二十余年，绝迹户外，晓起即静坐书斋，讨究诗古文辞，手不停披，常历丙夜不寐，如是者寒暑罔闲。《左传》《史记》《庄》《骚》《两汉》皆批注数过，今各有藏本。谨先校《杜诗》一种，剞劂问世，其间甲乙评注，悉遵遗笔。许君所辑原注，亦皆经丹墨，稍节复冗，仍存之，以志不忘。海内不乏巨眼，定能知评绎苦心也。"宋荦在《杜诗注解序》中评论说："原注能疏瀹千家之踳驳，弃瑕而存瑜。评点往往独标新隽，间亦佽助以近代诸名人，可谓粹诸家之长而擅其胜者。韩愈氏有言：用功深者其名也远。则是书之传亡疑。"阎若璩《杜诗注解序》对此书也有较高评价："先生灵心慧眼，标新抉异，其措辞尤温润静好，读其书每想见其为人，于旧注不苟同，亦不尽废，斑斑然错落于行间。……先生自颜堂曰'读书'，著述寝处于中者廿余年。"但是《四库全书总目提要》对本书的评价则不高："《读书堂杜诗注解》二十卷（直隶总督采进本），国朝张溍撰。溍字上若，磁州人，顺治壬辰进士，官翰林院庶吉士。是编乃其晚年家居所作。以《千家注》为本，而稍节其冗复。凡称原注者，皆《千家注》。每诗下评语及圈点，则溍所增入也。自称起己丑迄癸丑，阅二十四寒暑，五易稿而成。其用力甚勤，然多依傍旧文，尚未能独开生面。"

13.《杜诗会粹》

本书由清代张远编撰，美国哈佛大学图书馆藏本。此集还有日本早稻田大学图书馆藏康熙刻本、文蔚堂刻本和有文堂刻本。

张远，萧山（今浙江省杭州市萧山区）人，字迩可，号梅庄，又号云峤。明崇祯五年（1632）生，此时正当明清易代之际，张远早年虽读书进学，希图进取，但是一直没有机会，所以大半生潦倒。直到康熙二十一年（1682），已经五十一岁的张远才以贡生赴廷试，康熙三十三年（1694），已经六十三岁的张远才被选为缙云县教谕。

本书在体例上模仿朱鹤龄《杜工部诗集辑注》，按照编年排列作品，在注释方法上沿袭明人的作法，对长篇作品采取分段分层注释，又于各段之后略述诗中大意。全诗注释完毕之后，再加上总结性的评语，时有独到见解。其突出特点和独到之处在于征引文献全面，挖掘史料深入，几近于"无一字无来处"

之境界，体现了"会粹"的特点。清四库馆臣在《四库全书总目提要》中评曰："《杜诗会粹》二十四卷（内府藏本），国朝张远撰。案：康熙中有两张远。其一侯官人，有《超然诗集》，别著录。此张远字迓可，萧山人，由贡生官缙云县教谕。朱彝尊《曝书亭集》有《送远之桂林诗》，即其人也。是书采诸家之注而成，故曰《会粹》。其分析段落，训释文意，颇便初学。然不免寻行数墨。诗依年谱编次，与诸本互有异同，考核亦未为详审。"总体评价不高。

14.《杜诗详注》

本书由唐代杜甫撰，清代仇兆鳌注，日本早稻田大学藏清康熙三十二年（1693）版。书之内封上部横书"进呈原本"四字，下右方署"史官仇兆鳌诵习"七字，中署书名《杜少陵全集详注》，下有小字书曰"大文堂藏板"。其后依次为翰林院编修仇兆鳌写于康熙三十二年十一月的《奏进杜少陵全集详注表》、仇氏所作《杜少陵全集详注序》、《旧唐书·文苑传》杜甫本传、《新唐书》杜甫本传、《杜工部年谱》、《杜诗凡例》二十则、《杜诗详注目录》，然后是原诗及注文。书中注文开始处有早稻田大学藏书印"早稻田大学图书"。

仇兆鳌，原名从鱼，字沧柱，号知几子、四明先生，晚号章溪老叟，崇祯十一年（1638）生，浙江鄞县（今宁波鄞州区）人。崇祯十六年（1643），年仅六岁的仇兆鳌便入私塾，从骆宝权先生问学。顺治三年（1646），仇兆鳌九岁，又从陆可前先生问学。康熙二十四年（1685）举进士，选庶吉士，散官授编修。康熙四十三年（1704），以进呈所撰《杜诗详注》而受知于康熙帝，遂命总裁纂修《方舆程考》，升授翰林院检讨。此后，仇兆鳌历任侍讲学士、侍读学士、内阁学士、礼部侍郎、吏部侍郎、翰林院学士等职。仇兆鳌少从黄宗羲游，论学以蕺山为宗，为黄宗羲十八高弟子之一，又为清代"浙东学派"的重要成员，主要著述有《参同契集注》《四书说约》等。清张维屏《国朝诗人征略》中有云："仇兆鳌，字沧柱，浙江鄞县人，康熙二十四年进士，官至吏部侍郎。《杜诗详注》，仇兆鳌撰，援据繁复，无千家诸注伪撰故实之陋习。核其大局，可资考证者为多。"对其总体评价比较高。

《杜诗详注》亦称《杜少陵集详注》，此集仇兆鳌花费二十多年的心血，广搜博采，多次增补，最后成书。全书共计一百三十余万字，二十五卷，实为杜甫诗的集注和集评。其中卷一到卷二十三为诗，总共一千四百三十九首，最后二卷为文赋。以朱鹤龄所编《杜甫年谱》为依据，稍加增删，按照年代顺序编次。其注释方法是：在每首诗题下先指明写作时间和地点，然后再进行诠释，先明其大意，再串解其字词，有的加入评论。其圈内小注先提总纲，次释句义，语不欲繁，意不使略，取其醒目。对于诸家注解，或一条一句，凡是有益于解释诗旨的，"必标明某氏，不敢没人之善，攘为己有耳"。其圈外所引经史诗赋，各标明出处，而不复载某氏所引，尽力避免冗长烦琐。其间有一事而引用互异者，则彼此两见，否则专门注明已见某卷。书中辑录各家评论，广征博引，搜求古今，其所援引不下百家，其中尤以赵次公、黄鹤、王嗣奭、钱谦益、朱鹤龄诸家为多。此外又大量征引他人别集、杂著、诗话、笔记，凡是涉及杜诗的评论，尽力收取。书后还附录诸家论杜、咏杜、杜集诸本之序跋等，极为丰富，具有重要的参考价值。应该说该书是杜诗注本的集大成之作。

仇兆鳌在《杜诗详注序》中从多个角度说明此书的编撰事宜。首先，对自唐以来各家论杜诗的方式与方法进行分析："臣观昔之论杜者备矣，其最称知杜者莫如元稹、韩愈。稹之言曰：'上薄《风》《骚》，下该沈、宋，铺陈终始，排比声韵，词气豪迈而风调清深，属对律切而脱弃凡近。'愈之言曰：屈指诗人，工部全美，笔追清风，心夺造化，'天光晴射洞庭秋，寒玉万顷清光流'。二子之论诗，可谓当矣。然此犹未为深知杜者。论他人诗，可较诸词句之工拙，独至杜诗，不当以词句求之。盖其为诗也，有诗之实焉，有诗之本焉。孟子之论诗曰：'颂其诗，读其书，不知其人，可乎？是以论其世也。'诗有关于世运，非作诗之实乎。孔子之论诗曰：'温柔敦厚，诗之教也。'又曰：'可以兴、观、群、怨，迩事父，远事君。'诗有关于性情伦纪，非作诗之本乎？故宋人之论诗者，称杜为诗史，谓得其诗可以论世知人也，明人之论诗者，推杜为诗圣，谓其立言忠厚，可以垂教万世也。使舍是二者而谈杜，如稹、愈所云，究亦无异于词人矣。"一则指出元稹、韩愈论杜"犹未为深知杜者"，认为论杜诗"不当以词句求之"。二则强调当以孔子、孟子论诗之法论杜诗，所以对宋人论定杜诗为"诗史"、明人称杜甫为"诗圣"的做法加以肯定。接着，着重分析杜甫诗歌创作的现实性："甫当开元全盛时，南游吴、越，北抵齐、赵，浩然有跨八荒、凌九霄之志。既而遭逢天宝，奔走流离，自华州谢官以后，度陇客秦，结草庐于成都浣西，扁舟出峡，泛荆渚，过洞庭，涉湘潭。凡登临游历，酬知遣怀之作，有一念不系属朝廷，有一时不恫瘝斯世斯民者乎？读其诗者，一一以此求之，则知悲欢愉戚，纵笔所至，无在非至情激发，可兴可观，可群可怨，岂必辗转附会，而后谓之每饭不忘君哉！"说明杜甫的诗歌创作一直心系朝廷，关注民生，个人遭际与国家、民族命运息息相关，所以论杜、评杜必须遵从孟子"知人论世"之法和孔子之诗教观方能得其精髓。最后着重说明此书评杜、解杜的方法和原则："若其比物托类，尤非泛然。如宫桃秦树，则凄怆于金粟堆前也；风花松柏，则感伤于邙山路上也。他如杜鹃之怜南内，萤火之刺中宫，野苋之讽小人，苦竹之美君子，即一鸟兽草木之微，动皆切于忠孝大义，非他人之争工字句者所可同日语矣。是故注杜者必反覆沉潜，求其归宿所在，又从而句栉字比之，庶几得作者苦心于千百年之上，恍然如身历其世，面接其人，而慨乎有余悲，悄乎有余思也。臣于是集，矻矻穷年，先挈领提纲，以疏其脉络，复广搜博征，以讨其典故。汰旧注之楦酿丛脞，辩新说之穿凿支离。夫亦据孔、孟之论诗者以解杜，而非敢凭臆见为揣测也。第思颛蒙固陋，纰漏良多，幸逢圣世作人、文教诞兴之日，从此益扩见闻，以补斯编之阙略，是又臣区区之愿尔。"其中最根本的一条是"据孔、孟之论诗者以解杜，而非敢凭臆见为揣测也"；其次是"挈领提纲，以疏其脉络，复广搜博征，以讨其典故。汰旧注之楦酿丛脞，辩新说之穿凿支离"。

　　此书编成之后，仇兆鳌在《进书表》中再次就相关问题进行说明，一是对杜甫诗的历史地位和特征进行分析和概括："伏以尼山六籍，风雅垂经内之诗；杜曲千篇，咏歌作诗中之史。上承三百遗意，发为万丈光芒。前代词人，于斯为盛；后来作者，未能或先。自《国风》降为《离骚》，《离骚》降为汉魏，渊源相接，体制日新。晋宋以还，陶、谢之章特古；齐梁而下，阴、何之句斯工。其余月露风云，但知流连光景，虽有唱酬赠答，奚足陶冶性灵！迄乎三唐，专攻诗学，溯贞观作人之盛，至开、宝右文之时，蔚起人材，挺生李、杜。李豪放而才由天授，杜混茫而性以学成。昔人谓其上薄《风》《骚》，下该沈、宋，言夺苏、李，气吞曹、刘，掩颜、谢之孤高，杂徐、庾之流丽，千古以来，一人而已。"其结论是：杜甫其人在诗史上为"千古以来，一人而已"，其诗"笃于伦纪，有关君臣父子之经；发乎性情，能合兴、观、群、怨之旨""敦厚温柔，托诸变

《雅》变《风》之体；沉郁顿挫，形于曰比曰兴之中"。二是指出以往诸家注杜、评杜之弊："后之解杜诸家，非不各摅心力，意本浅也，而凿之使深；事本近也，而推之使远。引征古典，但溯流而忘源；采摭稗言，犹得此而遗彼。从前注解，不下百家；近日疏笺，亦将十种。或分类，或编年，今昔互有同异；于分章，于解句，纷纭尚少指归。世言不读万卷书，不行万里地，皆不可以读杜，岂知'文章千古事，得失寸心知'，杜已自注其诗乎！"关键是指出其方法不当，所以未得神髓。三是说明自己的注杜、解读之法："臣于退食余闲，从事少陵诗注。本文先释，依欧氏之解《诗》；故实附详，仿江都之注《选》……伏惟少陵诗集，实堪论世知人，可以见杜甫一生爱国忠君之志，可以见唐朝一代育才造士之功，可以见天宝、开元盛而忽衰之故，可以见乾元、大历乱而复治之机。兼四始六义以相参，知古风近体为皆合。"主体上是按照儒家诗学观，遵从"知人论世"的原则注杜、解杜。为了更清楚地说明自己的编撰思想，仇兆鳌还专门列出《杜诗凡例》二十则：

一、杜诗会编。自唐刺史樊晃首编《杜少陵诗集》，行于江右。至宋，王介甫为鄞令，得未见者二百余篇。嗣后王原叔取中秘藏本及旧家流传者，定为一千四百五篇。黄伯思校本，则有一千四百四十七篇。蔡傅卿《草堂诗笺》，取后来增益者，如卞圉、吴若、员安宇、裴煜辈所收，别为逸诗一卷。今依年次补入，不另置卷末，便省览也。

二、杜诗刊误。坊本多字画差讹，蔡兴宗作《正异》，朱文公谓其未尽，如"风吹沧江树"，"树"当是"去"，乃音近而讹。"鼓角满天东"，"满"当是"漏"，乃形似而讹。当时欲作考异，未暇及也。近日朱长孺采集宋元诸本，参列各句之下，独称详悉。然犹有遗脱者，如《何氏山林》诗"异花开绝域"，当是"来绝域"，于"开拆"不犯重。《送裴尉》诗"扁舟吾已就"，当是"吾已僦"，于"就此"不相重。如《冬深》诗"花叶随天意"，当是"惟天意"，于"随类"不相重。如《送王侍御》"况复传宗近"，当是"宗匠"，于"近野"不相重。如《诸葛庙》"巫觋醉蛛丝"，当是"缀蛛丝"，于上句"穿画壁"方称。《王彭州》诗"东堂早见招"，当是"东床"，于"河汉""夫人"等语相合。如《秋兴》诗"白头今望苦低垂"，与"彩笔昔曾干气象"本相工对，刻本误作"吟望"。《呀鹘行》"强神非复皂雕前"，与"紧脑雄姿迷所向"，字无复出，而刻本误作"迷复"。又如《遣意》诗"宿雁聚圆沙"，当是"宿鹭"。《草堂即事》诗"宿鹭起圆沙"，当是"宿雁"。鹭雁各有时候，彼此两误也。今或依他注改正，或据臆见参定。至于上下错简、句语

187

颠倒者，如《古柏行》"君臣已与时际会"二句，当在"云来""月出"之下。如《姜少府设鲙》"偏劝腹腴愧年少"二句，当在"落砧""放箸"之下。如《过吴侍御宅》"仲尼甘旅人"二句，当在"闭口""叹息"之下。如《郭代公故宅》"精魄凛如"二句，当在"顾步涕落"之下。如《梦李白》《赠苏涣》《呈聂耒阳》诸诗，各有颠错之句，今皆订正，文义方顺。

三、杜诗编年。依年编次，方可见其平生履历，与夫人情之聚散，世事之兴衰。今去杜既远，而史传所载未详，致编年互有同异。幸而散见诗中者，或记时，或记地，或记人，彼此参证，历然可凭。间有浑沦难辩者，姑从旧编，约略相附。若其前后颠错者，如《投简咸华诸子》本属长安，而误入成都；《遣愁》诗、《赠虞司马》本属成都，而误入夔州；如《冬深》《江汉》《短歌赠王司直》皆出峡后诗，而误入成都夔州；如《回棹》《风疾舟中》本大历五年秋作，而误入四年。今皆更定，庶见次第耳。

四、杜诗分章。古诗先有诗而后有题，朱子作《集传》，每篇各标诗柄，乃酌小序而为之。杜诗先有题而后有诗，即不须再标诗柄矣。唯一题而并列三五首，或多至一二十首者，每首各拈大旨，又有题属托物寓言，亦须提明本意，仿《集传》例也。

188

五、杜诗分段。《诗经》古注，分章分句，朱子《集传》亦踵其例。杜诗古律长篇，每段分界处，自有天然起伏，其前后句数，必多寡匀称，详略相应。分类千家本，则逐句细断，文气不贯。编年千家本则全篇浑列，眉目未清。兹集于长篇既分段落，而结尾则总拈各段句数，以见制格之整严，仿《诗传》某章章几句例也。

六、内注解意。欧公说诗，于本文只添一二字，而语意豁然，朱子注诗，得其遗意。兹于圈内小注，先提总纲，次释句义，语不欲繁，意不使略，取醒目也。其有诸家注解，或一条一句，有益诗旨者，必标明某氏，不敢没人之善，攘为己有耳。

七、外注引古。李善注《文选》，引证典故，原委灿然，所证之书，以最先者为主，而相参者，则附见于后。今圈外所引经史诗赋，各标所自来，而不复载某氏所引，恐冗长烦琐，致厌观也，其有一事而引用互异者，则彼此两见，否则但注已见某卷耳。

八、杜诗根据。集中古风近体，篇帙弘富。昔人谓五古、七律入圣，五律、七古入神。盖其体制之精，上自风骚汉魏，下及六朝四杰，各有渊源脉络也。兹于每体之后，备载名家议论，以见诗法所自来，而作者苦心亦开卷晓然矣。若五七言绝句，用实而不用虚，能重而不能轻，终与太白、少伯分道而驱。

九、杜诗褒贬。自元微之作序铭，盛称其所作，谓自诗人以来，未有如子美者。故王介甫选四家诗，独以杜居第一。秦少游则推为孔子大成，郑尚明则推为周公制作，黄鲁直则推为诗中之史，罗景纶则推为诗中之经，杨诚斋则推为诗中之圣，王元美则推为诗中之神。诸家无不崇奉师法，宋唯杨大年不服杜，诋为村夫子，亦其所见者浅。至嘉、隆间，突有王慎中、郑继之、郭子章诸人严驳杜诗，几令身无完肤，真少陵蟊贼也。杨用修则抑扬参半，亦非深知少陵者。兹集取其羽翼杜诗，凡与杜为敌者，概削不存。

十、杜诗伪注。分类始于陈浩然，元入遂区为七十门，割裂可厌。又广载伪苏注，古人本无是事，特因杜句而缘饰首尾，假撰事实，前代杨用修，力辩其谬妄。邵国贤、焦弱侯往往误引。凌氏《五车韵瑞》援作实事，张迖可又据《韵瑞》以证杜诗，忽增某史某传，辗转附会矣。吴门新刊《庾开府集》亦误采《韵瑞》，皆伪注之流弊也。今悉薙芟，不使留目。

十一、杜诗谬评。蔡梦弼注本，删去伪注，最为洁净。但参入刘须溪评语，不玩上下文神理，而摘取一字一句，恣意标新，往往涉于纤诡，宋潜溪讥其如醉翁呓语，良不诬也。后来钟谭论诗，亦蹈须溪之流派，全无精实见解，故集中所采甚稀。

十二、历代注杜。宋元以来，注家不下数百，如分类千家注所列姓氏尚百有五十人。其载入注中者，亦止十数家耳。其所未采者，尚有洪迈之《随笔》，叶梦得之《诗话》，罗大经之《玉露》，王应麟之《困学纪闻》，刘克庄、楼钥之文集。元时全注杜诗者，则有俞浙之《举隅》，七律则有张性之《演义》，五律则有赵汸之《选注》。明初有单复之《读杜愚得》，嘉靖间有邵宝之《集注》，张綖之《杜通》《杜古》及《七律本义》。他若天台谢省之《古律选注》、山东颜廷榘之《七律意笺》、关中王维桢之《杜律颇解》、海宁周甸之《会通杜释》、闽人邵傅之《五律集解》、楚中刘逴之《类选》、华亭唐汝询之《诗解》，各有所长。其最有发明者，莫如王嗣奭之《杜臆》。而王道俊之《博议》、郑侯升之《卮言》、杨德周之《类注》，俱有辩论证据，今备采编中。

十三、近人注杜。如钱谦益、朱鹤龄两家，互有同异。钱于《唐书》年月、释典道藏参考精详；朱于经史典故及地里职官考据分明。其删汰猥杂，皆有廓清之功。但当解不解者，尚属阙如。若卢元昌之《杜阐》，征引时事，间有前人所未言。张远之《会粹》，搜寻故实，能补旧注所未见。若顾宸之《律注》，穷极苦心，而不无意见穿凿。吴见思之《论文》，依文衍义，而尚少断制剪裁。他如新安黄生之《杜说》、中州张溍之《杜解》、蜀人李长祚之《评注》、上海朱瀚之《七律解意》、泽州陈家宰之《律笺》、歙县洪仲之《律注》、吴江周篆之《新注》、四明全大镛之《汇解》，各有所长。卢世㴶之《胥钞》、申涵光之《说社》、顾炎武、计东、陶开虞、潘鸿、慈水姜氏，别有论著，亦足见生际盛时，好古攻诗者之众也。

十四、杜赋注解。少陵诸赋，廓汉人之堆垛，而气独清新；开宋世之空灵，而词加典茂，亦唐赋中所杰出者。其《三大礼赋》，有东莱、长孺二注。《封西岳》一赋，朱注尚未详尽。兹于四赋，多所补辑。若《雕》《狗》两赋，则出自新注云。

十五、杜文注释。古人诗文兼胜者，唐唯韩、柳，宋唯欧公、大苏耳。且以司马子长之才，有文无诗，知兼美之不易矣。少陵诗名独擅，而文笔未见采于宋人，则无韵之文，或非其所长。集中所载墓志，尚带六朝余风，唯《祭房相国文》，清真恺恻，卓然名篇。其代为表状，皆晓畅时务，而切中机宜。朱氏辑注已明，唯间附评释而已。

十六、诗文附录。新、旧《唐书》本传，互有详略，要皆事迹所关，固当并载。其诸家序文，具述原

192

委，为历世所珍重。又唐宋以后题咏诗章，及和杜、集杜诸什，皆当附入。而诸家评断见于别集凡有补诗学者，并采录末卷，犹恐挂漏蒙讥，尚俟博采以广闻见焉耳。

十七、少陵大节。贺兰进明不救睢阳之围，致一城俱陷。忠如张、许，为贼所害，进明之罪，上通于天矣。后又密谮房琯，甫上疏力救，遂至贬官。其《出金光门》诗云："近侍归京邑，移官岂至尊。无才日衰老，驻马望千门。"临去而尚惓惓，与孟子三宿出昼之意，千载同符。此公生平事君、交友、立朝大节也。

十八、少陵旷怀。太白狂而肆，少陵狂而简。其在成都，结庐枕江，与田夫野老相狎荡，便有傲睨一切、侮玩不恭之意。初寓长安，得钱沽酒，时招郑虔，后去夔州，举四十亩果园赠与知交，毫无顾恋。此与谪仙之千金散尽者，同一磊落襟怀。宜其诗品逾出寻常。

十九、少陵谥法。公负挺出之才，济时之志，拾遗半载，郎官遥受，宦途之偃蹇极矣。迨旷世以还，宋真宗读《江上》之诗而深加称赏，蜀献王至草堂之地而作文致吊，其风流儒雅，能感发后代之帝王。考元顺帝至正二年，尝追谥文贞，此实褒贤盛事，增韵文坛。公所谓"千秋万岁名，寂寞身后事"者，其亦差不寂寞矣。

二十、少陵逸事。杜公精灵，千载不没。诵《花卿歌》而瘥久疟之人，解《八阵》诗而入眉山之梦。宋时病夫，目不知书者，忽吟子美诗句，见于程叔子之记述。四月十八日游草堂者，从来不逢阴雨，得于蜀父老之传闻。又雍熙间，彭城刘景真游华清宫，梦明皇与子美谈诗，尤为奇怪。录此以见其气亘江山，神游天壤也。

读此二十则，《杜诗详注》一书的编撰思想、宗旨、体例、方法等便可了然于心。

15.《杜律诗话》

本书由清代陈廷敬撰，日本正德三年（1713）京都翻刻本，分为上下两卷，内封右署"清陈午亭先生撰"，左标"皇都书铺白松堂寿梓"，中署书名《杜律诗话》。书后有其弟子林佶之叙，最后标明"正德癸巳仲夏，皇都书铺唐本屋佐兵卫寿梓"。

陈廷敬，初名敬，字子端，号说岩。山西泽州（今晋城）人。顺治十五年（1658）进士，选庶吉士；十八年（1661），充会试同考官，不久授秘书院检讨。康熙元年（1662）假归，四年（1665）补原官。累迁翰林院侍讲学士，充日讲起居注官。康熙十四年（1675）擢内阁学士，兼礼部侍郎，充经筵讲官，改翰林院掌院学士，教习庶吉士。陈廷敬与学士张英日值弘德殿，康熙皇帝特别器重他。康熙十七年（1678），命值南书房。后陈廷敬丁母忧，康熙皇帝"遣官慰问，赐茶酒。服除，起故官。二十一年（1682），典会试……迁礼部侍郎。二十三年（1684），调吏部，兼管户部钱法……擢左都御史"。陈廷敬最初是以《赐石榴子》一诗受知于康熙皇帝，后进所著诗集，康熙称其诗作"清雅醇厚，赐诗题卷端"。康熙曾经召见陈廷敬问朝臣谁能作诗，陈廷敬"以王士禛对。又举汪琬应博学鸿儒，并以文学有名于时。上御门召九卿举廉吏，诸臣各有所举，语未竟，上特问廷敬，廷敬奏：'知县陆陇其、邵嗣尧皆清官，虽治状不同，其廉则一也。'乃皆擢御史"，最后官至文渊阁大学士兼吏部尚书。陈廷敬工诗善文，学识超群，曾主编《大清一统志》《佩文韵府》《康熙字典》等书，著有《河上集》《说岩诗集》《三礼指要》《午亭归去集》等。其生平事迹见《清史列传》卷九、《清史稿》卷二六七、《国朝先正事略》卷六、《国朝耆献类征》卷七。《四库全书总目提要》中对陈廷敬生平事迹和文学成就有客观的评价："廷敬字子端，号说岩，泽州人，顺治戊戌进士，改庶吉士，授检讨。本名敬，以是科有两陈敬，因奉旨增'廷'字。官至大学士，谥文贞。尝著《尊闻堂集》八十卷。晚年手定为此编，其门人林佶缮写付雕。廷敬有午亭山村在阳城，因《水经注》载沁水径午壁亭而名，因以名集。凡诗二十卷、杂著四卷、经解四卷、奏疏序记及各体文共二十卷、《杜律诗话》二卷。廷敬论诗宗杜甫，不为流连光景之词，颇不与王士禛相合，而士禛甚奇其诗。所为古文，虽汪琬性好排诋，论文少所许可，亦甚重之。生平回翔馆阁，遭际昌期，出入禁闼几四十年。值文运昌隆之日，从容载笔，典司文章。虽不似王士禛笼罩群才，广于结纳，而文章宿老，人望所归，燕、许大手，海内无异词焉。亦可谓和声以鸣盛者矣。卷首有廷敬《自序》，谓于汪、王不苟雷同。然蹊径虽殊，而分途并骛，实能各自成家。其不肯步趋二人者，乃所以能方驾二人欤。此固非依门傍户，假借声誉者所知也。"其中特别值得注意的是"论诗宗杜甫，不为流连光景之词""所为古文，虽汪琬性好排诋，论文少所许可，亦甚重之……文章宿老，人望所归，燕、许大手，海内无异词焉"等语，从中可知陈廷敬的文学成就和特色。

本书前有编者自记，说明此书的成书起因与过程："儿子豫朋四五岁时诵杜诗，为说其义辄能了了。予尝见世所传诸家解杜诗，意多不合，故其所说多用己意。又尝妄谓杜诗说之诚难，而律诗尤难。盖古诗如《哀江头》《洗兵马》等篇，文义事实，有可推考，律诗则托兴幽微，寓辞单约，说之故尤为难。予既为儿子说杜七言律诗，间录其别于诸家者以备遗忘，题曰'诗话'。郑康成说《三百篇》以笺为名，笺者，标也，识也，示不敢言注，但表识其不明者耳。后世于杜曰注、曰笺、曰笺注，类以解释为义。今曰《诗话》，别诸家也，且不敢言笺注也……"可以看出，此书是陈廷敬为其子讲解杜诗的结集，带有一定启蒙读物的性质。书中只选杜甫的七言律诗，其中上卷选诗27首，下卷选诗28首，总共55首，多为名篇。但是选录方式不一，有时选全诗，有时只选名句，总体上以选全诗为多。诗后附有注释文字，注释中既列举诸家评杜之说，但是又不人云亦云，时出己意，见解独到。同时，因为是讲给儿童的，所以语言简易明白，便于接受。如在《咏怀古迹五首》之一后解释道："'东北''风尘'指禄山乱，与第五句相应。或指少为齐赵之游，或云公初陷贼中，在山东、河北间，皆非。此章公自赋，以庾信为比耳。夔州无信古迹，或因信曾居宋玉江陵故宅，强牵立说，非也。此诗题曰'咏怀古迹'，有谓首章咏怀，余四古迹者，其说虽非，尚知'咏怀'二字，不得专泥'古迹'，遂忘'咏怀'也。宋玉、昭君、先主、武侯遇皆不偶，是章章古迹，章章咏怀，宜知此。"无论是对组诗本身，还是对章句的把握，都很精到，而且解释又通透明白。再如《秋兴八首》之一后解释道："'江间波浪''风云接地'，非但写夔州山水，公时舣舟下江汉，此即孤舟去路也。有谓'塞上'指由蜀入秦之塞，此章八句皆指夔州。若七句指夔州，独一句指蜀塞，不成章法矣。《夔府书怀诗》'绝塞乌蛮北，孤城白帝边'，《白帝城楼诗》'江度寒门阁城高'，《绝塞楼返照诗》'绝塞愁多早闭门'，何必'蜀塞'乃可言塞邪……"解释切中肯綮，又明白通达。其他如解释《示獠奴阿段》一诗中的"曾惊陶侃胡奴异，怪尔常穿虎豹群"二句："陶侃之奴，伪苏注及刘敬叔《异苑》，其不可信，人皆知之，然其事卒不知所出。愚旧有臆解：陶侃或是陶岘。岘，彭泽之孙，浮游江湖，与孟彦深、孟云卿、焦遂共载，人号水仙。有昆仑奴名摩诃，善泅水，后岘投剑西塞江水，命奴取，久之，奴支体磔裂，浮于水上。岘流涕回棹，赋诗自叙，不复游江湖。岘既公同时人，其友又公之友，异事新闻，故公用之耳。陶奴入水，卒死蛟龙；公奴入山，宜防虎豹，事相类。'侃''岘'音相近。但岘事僻，人因改作侃也。"见解独到，令人信服，又深入浅出。所以，松冈玄达在后序中赞美说："其为说也，不依诸家而出于独得，证之以本集诸诗，参之以新旧唐史，旁广采当时事迹，发杜老胸中之蕴，辨注家因袭之误，大非吞剥缀缉之徒所能仿佛也。所谓简易明白，有资于幼学者，莫过于此。"细读此集，觉得此评大体合乎实际。

16.《杜诗阐》

本书由清代卢元昌撰，美国哈佛大学图书馆藏清康熙二十一年（1682）华亭卢氏刊本。本书封一便有美国哈佛大学图书馆藏书印，即"哈佛大学图书馆珍藏印"，书中依次为鲁超的《杜诗阐序》、卢元昌的《杜诗阐自序》、本书目录，正文首页下面也有美国哈佛大学图书馆藏书印。

卢元昌，字文子，清初华亭（今上海松江）人，其生平事迹不详。沈德潜在《清诗别裁集》卷八云:"卢元昌,字文子,江南华亭人,诸生。文子衡门两版,下帷著书,选定古文,不胫而走。为诗少欢娱之词,多愁苦之言,由生平遭际使然,而颂法常在少陵,故忧伤感愤,不知其然而然也。上海陈生龙岩为余述其梗概如此。"《嘉庆松江府志》卷五六介绍茅起翔时,涉及卢元昌:"茅起翔,字旦戈,金山卫人。有声几社中,与卢元昌等操选政者四十年,一时知名之士群相引重。晚岁筑奇松阁,读书以终其身。当时文社中有茅、沈、胡、卢之目,沈谓子凡,胡谓椀竹,卢谓文子,茅则旦戈也。"卢元昌好学,治学严谨,著有《〈左传〉分国纂略》传世。《清诗别裁集》选有卢元昌的一首《哭箕儿》,中有四句云:"翻教衰祖为严父,休道无儿幸有孙。白首未抛苦海累,黄昏孰问寝门温?"从中可知其有中年丧子之痛。其《杜诗阐》一书自序中有云:"忆余丁壮盛,沉溺于鸡林之业者垂二十年。"又可知他长时间以贩书为业,是一名书商。

本书共三十三卷,始于康熙四年(1665),终于康熙二十一年(1682),费时十七年。其动因是卢元昌不满以往的杜诗注本,认为杜诗有的"因注而显",有的"因注反晦"。造成这种状况的原因,他认为一是"训诂之太杂",二是"讲解之太凿";三是"援引太繁"。与此相反的注本,又多为肤浅凡庸之词,所以他便自行解杜,编撰此书。本书的编撰体例是以作品产生的时间先后为序,逐次排列,不分古体近体,少数诗篇之系年进行特殊处理。其主要宗旨是阐释杜诗本意，所以取名为《杜诗阐》。但是此书问题也很突出，对此，《四库全书总目提要》中有所批评："《杜诗阐》三十三卷（江苏周厚堉家藏本），国朝卢元昌撰。元昌有《〈左传〉分国纂略》，已著录。是书成于康熙壬戌，前有《自序》，称杜诗有因注而显者，有因注反晦者。一晦于训诂之太杂，一晦于讲解之太凿，一晦于援引之太繁。反是者，又为肤浅凡庸之词曰：'吾以杜注杜也则太陋。'其持论甚当。然其注如《四书讲章》，其评亦如时文批语。说诗不当如是，说杜诗尤不当如是也。"其中"其注如《四书讲章》，其评亦如时文批语"确实抓住了本书的要害。

17.《杜诗评钞》

本书由清代沈德潜撰，日本京都文求堂藏板，现归早稻田大学图书馆收藏，共四卷。封一用楷书题写书名《杜诗评钞》，内封右署"清沈德潜确士撰大家合评"十一字，中间用篆书题写书名《杜诗评钞》，左侧书"京都文求堂藏板"，书后标"明治三十年十月十五日印刷，全年十月二十日发行"。

沈德潜（1673—1769），字确士，号归愚，长洲（今江苏苏州）人。乾隆元年（1736）荐举博学宏词科，试未入选。乾隆四年（1739），年六十七岁的沈德潜方成进士，改庶吉士。乾隆七年（1742），散馆后授翰林院编修。乾隆八年（1743），"即擢中允，五迁内阁学士"。乾隆十二年（1747），"命在尚书房行走，又擢礼部侍郎"。"十三年（1748），德潜以齿衰病噎乞休，命以原衔食俸，仍在上书房行走。十四年（1749），复乞归，命原品休致，仍令校《御制诗集》毕乃行。"十六年（1751），乾隆南巡，"命在籍食俸"。二十二年（1757），乾隆"复南巡，加礼部尚书衔"。二十七年（1762），乾隆南巡，"德潜及钱陈群迎驾常州，上赐诗，并称为'大老'"。三十年（1765），乾隆再次南巡，沈德潜"仍迎驾常州，加太子太傅，赐其孙维熙举人"。三十四年（1769），沈德潜逝世，"享年九十七岁，赠太子太师，祀贤良祠，谥文慤"。沈德潜年少之时受诗法于吴江叶燮，论诗主格调，提倡温柔敦厚之诗教。"承学者效之，自成宗派。"著有《沈归愚诗文全集》，编选《古诗源》《唐诗别裁》《明诗别裁》《清诗别裁》等书，流传甚广。《清史稿》中记载沈德潜之事十分详细。

沈德潜之荣辱以乾隆四十三年（1778）为分水岭：此前，他从六十七岁跻身官宦，备享乾隆荣宠，历任翰林院编修、左中允、侍读、左庶子、侍讲学士、充日讲起居注官、尚书房行走、礼部侍郎、充会试副考官、加礼部尚书衔。乾隆赐诗中直言"我爱沈德潜，淳风挹古福"，并且称之为"江南老名士"，不仅为他的《归愚诗文钞》写序，而且赐"御制诗"几十首，特许在苏州建生祠，在他九十七岁去世之时，又追封太子太师，赐谥文慤，入贤良祠祭祀，在挽诗中以钱（陈群）沈二人并称为"东南二老"，确实极一时之荣。但是乾隆四十三年，江苏东台县已故举人徐述夔所著《一柱楼集》中的诗词被认为有悖逆朝廷之处，于是引起一场文字狱，沈德潜生前曾在《一柱楼集》中为徐述夔写传，因而受到株连。乾隆大怒，亲笔降旨，不但追夺沈德潜阶衔，而且罢祠、削封、毁碑，沈氏生前所有荣宠顷刻间化为乌有，如果沈德潜仍然在世，其境况又将如何？

　　本书按照诗体编排，卷一为五言古诗，共七十九首；卷二为七言古诗，共七十首；卷三为五言律诗，共一百一十首；卷四为七言律诗，共五十八首。其评点方式有二：一是集诸大家之评，列于书中最上一栏，具体评语与下面诗歌作品相对应。其中"大家"主要有王得臣、刘辰翁、方回、范梈、赵汸、杨慎、谢榛、钟惺、王慎中、王嗣奭、李因笃、卢世㴶、顾宸、张溍、朱瀚、宋荦、吴瞻泰、黄生、仇兆鳌、王士禄、王士禛、何焯、邵长蘅、浦起龙、蒋金式等三十余家。二是沈德潜之评，或在最上一栏，或于诗题下，或于诗后，或于诗句中间，位置灵活。"大家合评"中时见精彩之语，如评杜甫《登岳阳楼》时，沈德潜引刘辰翁之评："刘须溪云：'气压百代，五言雄浑之绝。'"评杜甫《江汉》时引赵汸之评："赵汸云：'中四句情景混合入化，东坡诗"浮云世事改，孤月此心明"亦同此意境。'"评杜甫《伤春》引邵长蘅之评："邵子湘云：'极伤心事，极惊人语。至此真堪泣鬼神矣。'"如此之类，都是切中肯綮之评。

　　沈德潜之评也精彩纷呈，如评杜甫《寄李十二白二十韵》："太白一生，具见于此，未负幽栖，楚筵辞醴，极辨其不受永王璘之污矣。"评杜甫《谒先主庙》:"三分割据，君臣鱼水，孔明之鞠躬尽瘁，后主之面缚出降，起数句包括殆尽，何等笔力。"评杜甫《咏怀古迹五首》之五:"云霄羽毛，犹鸾凤高翔，状其才品之不可及也。文中子谓诸葛武侯不死礼乐，其有幸乎？即失萧曹之旨。此议论之最高者，后人谓诗不必著议论，非通言也。"这些评语深得杜诗精髓。所以，这一杜诗评本，价值不可低估。

18.《杜诗偶评》

本书为四卷，清代沈德潜编撰（沈氏生平介绍见前《杜诗评钞》），日本享和三年（1803）据乾隆十二年（1747）赋闲草堂初刻本刊刻，前有沈德潜乾隆十二年自序，序后有潘承松所撰十则"凡例"。书中没有总目录，每卷单独列出目录。全书按照诗体编排，依次是：五言古诗、七言古诗、五言律诗、七言律诗、五言长律、五言绝句、七言绝句，总共选诗349首。其中卷一为五言古诗，计79首；卷二为七言古诗，计70首；卷三为五言律诗，计110首；卷四包括七言律诗、五言长律、五言绝句、七言绝句，其中七言律诗58首，五言长律19首，五言绝句4首，七言绝句9首。每卷第一行皆署书名卷次，次行署"长洲沈德潜确士纂，后学潘承松森千校阅"。书中正文即诗歌作品大字顶格，评点文字或置于行间，或在诗末。诗旁时有圈点，题下、诗后常有小字双行评注。沈德潜在自序中一方面叙述此书编撰的方式及其成书经过："予少喜杜诗，而未能即通其义，尝虚心顺理，密咏恬吟以求之，不逞泛滥，不蹈凿空，尤不敢束缚驰骤，唯于情境偶会旁通证人处，随手笺释，日月既久，渐次贯穿。"另一方面说明此书的规模极得潘承松之助："全集一千四百余篇，今录三百余篇，皆聚精会神、可续风雅者，学者深潜而熟复之，以次遍览全集，虽颓然自放之作，皆成大家。知杜诗本无可选，并不藉评，则此本为得鱼得兔之筌蹄可也。同邑潘子森千，予忘年友也，素嗜杜与予同癖，任剞劂之资，并为发凡起例，不欲使此本之湮没也。"从中可知此书为沈潘二人合作而成。通观全书，其评论虽然简略，但是也多有精到之语。如在《成都府》一诗之后，沈氏评曰："自秦州至成都诸诗，奥险清削，雄奇荒幼，无所不备，山川诗老两相触发，宜其有境必收也。鬼斧神斤，至于此极。"再如《登岳阳楼》诗后之评："三四雄跨古今，五六写情黯淡，著此一联，方不板滞。比襄阳诗更高一筹。"其他如《闻官军收河南河北》后的评语："一气流注，不见句法字法之迹。对结自是落句，故收得住。若他人为之，仍是中间对偶，便无气力。"这些评点堪称精到，对后人理解杜诗颇有启发意义。

19.《读杜心解》

清人浦起龙撰，日本早稻田大学藏清雍正二年（1724）静寄东轩藏板。书的封一为手书书名《读杜心解》，内封右上署"锡山浦起龙是正"，中署书名《读杜心解》，左有小字书曰："少陵全书，静寄东轩藏板"。其后依次为浦起龙《读杜心解自叙》，新旧《唐书》杜甫本传，元稹《唐故检校工部员外郎杜君墓系铭》，《读杜心解总目》《杜氏世系表略》等。正文卷一起始处有日本早稻田大学图书馆藏书印"早稻田大学图书"。

浦起龙，字二田，号孩禅，自署东山外史，晚号三山伧父，时称山伧先生，康熙十八年（1679）生，无锡县上福乡（今无锡市厚桥镇）前涧村人。起龙幼时不善言语，但是喜欢读书。康熙三十七年（1698）考中秀才。但是翌年乡试，则不幸落第。此后困顿场屋长达三十多年，屡屡受挫，直到雍正七年（1729）才中举，雍正八年（1730）中进士，雍正十一年（1733）授扬州府学教授，不过，因其父病故未能赴任。雍正十二年（1734），浦起龙应邀赴云南昆明担任五华书院山长（院长）。乾隆二年（1737）归故乡无锡，乾隆四年（1739）出任苏州府学教授，主持紫阳书院。乾隆十年（1745），浦起龙以年老为由辞官归故里。乾隆十五年（1750），应无锡知县王镐之邀，与同邑华希闵、顾栋高等共修《无锡县志》。乾隆二十七年（1762）卒，享年八十三岁。浦起龙一生喜书，更善于读书，浦霖在《宗老山伧公传》中说："今世所谓读书人者，吾知之，臆选应制文数帙，简练揣摩，句雕字琢，以掇巍科，而要骏誉，四书五经外，无他物也。即或持聪明，通今古，口头籍籍，亦如满屋散钱，无一索子贯。若精心汲古，终其身如一日者，则锡山之我宗老焉。"浦起龙一生著述颇丰，其著述不仅有《读杜心解》《史通通释》《酿蜜集》《三山老人不是集》，还有七十九卷的《古文眉诠》。

本集是浦起龙困顿场屋、在乡坐馆之时所撰，当时他厌倦八股，深喜杜甫诗，于是潜心研究、考索，积十几年之心得，于康熙六十年（1721）夏开始撰写《读杜心解》，于雍正二年（1724）写成。全书共收入杜甫各体诗歌上百首，对每首诗均做了详细的注释及校注。该书采取诗文混排的编纂体例，寓编年于分体之中，并将杜甫的文赋散附于相类的诗篇之后。其最突出的特色是在注杜方面不同以往：其一，注杜不做烦琐征引、考证，简化引文，熟事皆省，以简练见长。其二，解杜上采取时文批点的方式概括诗作的段落大意，取孟子"以意逆志"之法，阐释作品本意，颇能窥探诗人心态志趣，独出心裁。清四库馆臣在《四库全书总目提要》中对此书做了比较全面的评价："《读杜心解》六卷（通行本），国朝浦起龙撰。起龙有《史通通释》，已著录。其书虽总题六卷，而卷首分上下二册，不入卷数，卷一分子卷六，卷二分子卷三，卷三分子卷六，卷四分子卷二，卷五分子卷五，卷六分子卷二，实二十六卷也。自昔注杜诗者，或分体，或编年。起龙是编，则于分体之中又各自编年，殊为繁碎。如《江头五咏》，以二首编入五言古诗、三首编入五言律诗，尤割裂失伦。其赋及杂文，旧本皆系卷末，起

龙亦散附各诗之后，如《杂述》附《送孔巢父诗》后，《秋述》
附《秋雨叹》后，《祭房琯文》附《别琯墓诗》后，《说旱》附
《大雨诗》后，《封西岳赋》附《赠献纳使田舍人诗》后，事尚
相属。以《三大礼赋》附《赠崔国辅于休烈诗》后，因诗中有
'谬称三赋在'句；以《皇甫淑妃碑》附《宴郑驸马宅诗》后，
因公主为淑妃所生；以《华州试进士策问》附《洗兵马》后，
因所问乃中兴之政，已为牵合。至以《天狗赋》附《灵湫诗》
后，以《雕赋》附《义鹘行》后，以《画太乙天尊图文》附
《李道士松树障子歌》后，则强缀之甚矣。自有别集以来，无此
编次法也。其间考订年月，印证时事，颇能正诸家之疏舛。而
句下之注，漏略特甚；篇末之解，缴绕亦多。又诠释之中，每
参以评语，近于点论时文，弥为杂糅。与所撰《史通通释》评
与注释夹杂成文者同一，有乖体例。殆好学深思之士而不善用
所长者欤？"其对此集缺点的分析客观、详尽，但是对其成就
则评价不足。

20.《杜诗镜铨》

本书为清人杨伦笺注，日本早稻田大学藏清同治十一年
（1872）重刊望三益斋镌板。书的封一用朱笔手书书名《杜诗
镜铨》，右侧标曰："序文、本传、墓志、凡例、年谱、目录"，
内封右书"同治十一年八月重刻"，中署书名《杜诗镜铨》，左
署"望三益斋镌板"。其后依次为"杜子美戴笠像""题子美画

像"、吴棠《杜诗镜铨序》、杨伦自题、毕沅之序、朱珪之序、新旧《唐书》本传、元稹《唐故检校工部员外郎杜君墓系铭》、本书凡例、杜甫年谱、全书目录，吴棠《序》之起始处上方加盖日本早稻田大学藏书印"早稻田大学图书"。

　　杨伦，字西木（一作西禾），一字敦五，又字端叔，号罗峰，阳湖（今江苏武进）人。乾隆十二年（1747）生，"年十五以国子监生应省试训导，倡醉吟诗社"，著有《小兰亭文集》《乐志轩诗草》。"其母蒋孺人，故里中望族蒋金式之曾孙女。"杨伦在《九柏山房诗集》卷十《闵处士贞画维摩诘像》诗中小注云："余生时先太孺人梦人口绣佛一躯。"乾隆四十六年（1781）杨伦中进士，官广西荔浦县知县。晚年"主讲江汉书院，门下多尊信之。伦诗得力于少陵，与孙星衍、洪亮吉、徐书受等唱酬最富"。此书以编年为序，诠解杜甫诗，其体例为：于诗句之下附词语注释，于行间或者栏楣之上作章法、字法之评，于篇末附简评。编撰之中，参考由宋至清各家注本，详加校勘，博采诸家之长，又融入自己的心得，注意知人论世，依据时代、历史、地理等背景条件阐释作品主旨及其产生时间，注释评价皆不穿凿附会，也不烦琐考证，在诸多校注本中颇有特色。杨伦在《凡例》中说："杜诗笺注纷挐，是非异同，多所抵牾，使阅读靡所适从。兹择其善者定归一解，搜讨实费苦心，其义可参用者，亦从附载。至旧解或俱未惬意，则间以鄙见附焉。"又说："诗贵不著圈点，取其浅深高下，随人自领。"郭绍虞评曰："以精简著称。不穿凿，不附会，不矜奇，不逞博，而平正通达，自使少陵精神跃然纸上。"（《杜诗镜铨》前言）在众多杜诗版本中，此书为阅读杜诗常用读本。该书有清刻本三种，民国刻本十种，最近刻本有 1957 年四川人民出版社重印成都志古堂刻本，中华书局上海编辑所 1962 年出版排印本，全二册。笔者所见为清同治十一年（1872）望三益斋刊本，即《杜诗镜铨》二十卷，线装一函六册。书的目录之后有吴学恕朱笔题跋一则云："岁次庚申，奉檄承乏长芦清河盐务，正月假归省亲，二月初仍旋差次，携耷叟所赐蜀刻《杜诗镜铨》一部，公余岑寂点读，都凡二十卷，文集二卷。从夏历二月二十九日始，至五月二十七日毕。除小建两日，共八十七日。匆匆点读，尚有未彻悟处。亟应再讽诵一通，以补阙疑。五月二十七日风雨夕挑灯书志。吴学恕缕丹。"杨伦本人在《杜诗镜铨序》中云："自束发后，即好诵少陵诗，二十年来，凡见有单词只字关于杜诗者，靡不采录，于旧说多所折衷。年来主讲武昌，闲居无事，重加排纂，义有抵滞，至忘寝食，不觉豁然开明，若有神相之者，凡阅五寒暑，始获成书。"说明了编撰此书的缘起及其过程。在《杜诗镜铨·凡例》中他又做了多项说明："诗以编年为善，可以考年力之老壮，交游之聚散，世道之兴衰。诸本编次互有不同，是本详加校勘，使编次得则，诗意易明。如《重题郑氏东亭》定为乱后作，《有感》五首当编广德二年春之类，皆特为更正。……杜公一生忧国，故其诗多及时事。朱注于新旧

《唐书》及《通鉴》等考证最详，其间有漏略处，更为增入。"在实际的编撰过程中，他也确实是按照这一原则行事的，如《杜诗镜铨》卷十一《有感》五首下有云："此诗或编在广德元年之春，事迹既多不合；或编在是年冬，方当蕃寇猲狙，乘舆播越，岂宜有'慎勿吞青海'语，且此时而欲议封建，则亦迁矣。详其语意，当是收京后广德二年（764）春作。盖吐蕃虽退，而诸镇多跋扈不臣，公复忧其致乱，作此惩前毖后之词。未几，仆固怀恩遂引吐蕃、回纥入寇，亦已有先见。所谓编次得则，诗意自明者也。"读过之后，确实感到"诗意易明"。

本书问世之后颇受好评。如周樽在《杜诗镜铨序》中评曰："杨子研精二十余年，乃尽得其要领，章疏节解珠联绳贯，于异说如猬——爬罗而剔抉之，以求其至是，如镜烛形，一经磨莹而其光愈显，使凡读公诗者有以知公之志……考证详确，尤能发前人所未发……有功于子美之多也。"吴棠在《重刻杜诗镜铨序》中亦云："《杜诗镜铨》二十卷，杨西龢先生撮合各家笺注，爬罗抉剔，博采而得所折衷。俾杜公惓惓忠爱之隐，节解章疏，洗发呈露，秋帆尚书以为少陵功臣，洵非虚语，余诵之心折已久矣。"王昶在《湖海诗传·蒲褐山房诗话》中评曰："撰《杜诗镜铨》实能照见古人心髓。"潘清在《挹翠楼诗话》中评曰："《杜诗镜铨》向来注杜者，皆不能如其精当。"张惟骧撰、蒋维乔补《清代毗陵名人小传》中说："杨伦尝读杜诗，病笺释之驳杂，乃详为考究，成《杜诗镜铨》一书，最为精核，世共推之。"其中毕沅在《杜诗镜铨序》中从多个角度入手进行评价：其一谈自己对注杜诗的意见，曰："杜拾遗集诗学大成，其诗不可注，亦不必注。何也？公原本忠孝，根柢经史，沉酣于百家六艺之书，穷天地民物古今之变，历山川兵火治乱兴衰之迹，一官废黜，万里饥驱，平生感愤愁苦之况，一一托之歌诗，以涵泳其性情，发挥其才智。后人未读公所读之书，未历公所历之境，徒事管窥蠡测，穿凿附会，刺刺不休，自矜援引浩博，真同痴人说梦。于古人以意逆志之义，毫无当也。此公诗之不可注也。公崛起盛唐，绍承家学，其诗发源于《三百篇》及楚骚、汉魏乐府，吸群书之芳润，撷百代之精英，抒写胸臆，镕铸伟辞，以鸿博绝丽之学，自成一家言，气格超绝处，全在寄托遥深，酝酿醇厚。其味渊然以长，其光油然以深，言在此而意在彼，欲令后之读诗者深思而自得之，此公诗之不必注也。是公之诗卷流传天地间，原自光景常新，无注而公诗自显，有注而公诗反晦矣。"毕沅认为"后人未读公所读之书，未历公所历之境，徒事管窥蠡测，穿凿附会，刺刺不休，自矜援引浩博，真同痴人说梦"，所以他说杜甫其诗不可注，亦不必注。其二，毕沅指出后世注杜诗之弊："宋、元、明以来，笺注者不下数十家，其尘羹土饭，蝉聒蝇鸣，知识迂缪，章句割裂，将公平生心迹与古人事迹牵连而比附之，而公诗之真面目、真精神尽埋没于坌嚣垢秽之中，此公诗之厄也。注杜而杜诗之本旨

晦，而公诗转不可无注矣。"其三，毕沅专门论证、评价杨伦的
《杜诗镜铨》，指出："阳湖杨进士西龢，少游名场，即工声韵之
学，宗仰少陵，能笃信谨守，涉其藩篱，窥其堂奥；搜罗古集，
考核遗文，片言只字有关于杜诗者，节取而录存之。岁月既
久，积成卷帙，爰制《杜诗镜铨》一书以质于余。余自束发授
诗，与吴下诸子结为吟社，每讨论源流，必以工部为宗。有友
人株守明人笺注一册，珍为枕中秘本，谓能笺释新、旧《唐书》
时事，确当详赡，此读杜之金针也。余应之曰：如此何不竟读
《唐书》？友人废然而去。今阅杨君是书，非注杜也，将各家注
杜之说勘削纰缪，荡涤芜秽，俾杜老之真面目、真精神洗发
呈露，如镜之不疲于照而无丝毫之障翳也。是由前之说，杜
诗之不可注、不必注，窃冀当代宗工，扶轮大雅，抉草堂之
精髓，求神骨于语言文字之外，而弃初得之筌蹄也；由后之
说，近日杜诗之不可无注，又以风雅夐绝，迷涂未远，探浣
花之门户，俾端趋向而识指归，为后学示以津逮也。则杨君
是书，安得谓非词坛之正的、少陵之功臣也哉？……"他一
方面介绍杨伦的学问修养及此书的编撰过程、自己阅读的经
过和感受，另一方面着重推介此书，认为此书"将各家注杜
之说勘削纰缪，荡涤芜秽，俾杜老之真面目、真精神洗发呈
露，如镜之不疲于照而无丝毫之障翳""抉草堂之精髓，求神
骨于语言文字之外"，许之为"词坛之正的、少陵之功臣"，
评价确实很高。

21.《杜工部集》

本集共二十卷，卷首一卷，清代卢坤辑录，被称为"五家评本"。日本早稻田大学图书馆藏道光十四年（1834）涿州卢氏芸叶庵刻五色套印本。封一手书书名《杜工部集》，内封右书书名《杜工部集》，左边四行小字：一曰"五家评本"，二曰"王弇州紫笔，王遵岩蓝笔"，三曰"王阮亭朱墨笔，宋牧仲黄笔"，四曰"邵子湘绿笔"。由此可知此集为五人评本，其中王世贞弇州紫笔、王慎中遵岩蓝笔、王士禛阮亭朱墨笔、宋荦牧仲黄笔、邵长蘅子湘绿笔。后面依次为卢坤《杜工部集序》、元稹《唐故检校工部员外郎杜君墓系铭》、《旧唐书·文苑传》杜甫本传、樊晃《杜工部小记序》、孙仅《赠杜工部诗集序》、宋王洙《杜工部集序》、王琪《后记》、胡宗愈《成都新刻草堂先生诗碑序》、吴若《杜工部集后记》、本书目录。全书总计八册，其编次、正文、校文皆依钱谦益笺注的《杜工部集》。同时，全书没有总的目录，各卷分列目录，按照诗文体制类别分类，卷一至八为古诗，卷九至十八为近体诗，卷十九、二十为文、赋。此书还有其他版本，一为光绪二年（1876）三月广东翰墨园刊本，为十二册；二为民国二十四年（1935）上海中央书店铅印本；三为民国二十五年（1936）上海广益书局铅印本。比较起来看，民国二十五年本尽删所有评语，错字太多，已经不是卢刻原貌，所以是最差版本。概而言之，这些版本都不如日本早稻田大学图书馆藏道光十四年涿州卢氏芸叶庵刻五色套印本精致。

卢坤（1772—1835），字静之，号厚山。顺天府涿州（今河北省涿州市）人。嘉庆四年（1799）进士，后改翰林院庶吉士。历任兵部主事、兵部员外郎、兵部郎中、广东惠潮嘉道、山东兖沂曹济道、湖北按察使、甘肃布政使、广西巡抚、陕西巡抚、山东巡抚、山西巡抚、广东巡抚、湖广总督、两广总督等职，后以任陕西巡抚期间在平定回疆叛乱时转运粮饷有功加太子少保。卒谥文肃，赠太子太师、兵部尚书，道光十七年（1837）葬于涞水城北。涿州东丁市口曾建有敏肃公祠，大学士阮元撰写碑铭并作序。裕鲁山廉访（裕谦）曾寄联挽之，其言曰："旷典迈千秋，带砺台衡，天锡殊纶荣卫霍；仁恩周十省，韬钤黼黻，人从华屋仰皋夔。"评价颇高。其生平著述除了辑有《杜工部集》二十卷之外，还有《秦疆治略》《广东海防汇览》等。《清史稿·列传》一六六、《国朝耆献类征》卷一九八对其生平事迹皆有记载。

卢坤本人在《杜工部集序》中说明了本集编辑的起因："诗至少陵极矣，然而言人人殊。余藏有五家合评《杜集》二十卷，编次完善，汇五家所评，别以五色笔，炳炳烺烺，列眉可数。譬诸五声异器而皆适于耳，五味异和而各餍于口，自成一家，聚为众妙，公诸艺苑，得非读杜者一大快欤！"可见其本意是想汇聚众人注释之美，"自成一家"之书。卢坤所辑这五家，确实都是明清时期的诗学大家，在诗学，尤其是杜诗方面造诣颇深。卢坤将这五家之评刻于杜甫诗文旁边，以五色笔圈点，有的在行间，有的在题下，其中眉批最多。比较而言，在五人中，王慎中蓝笔之评最多，其次是王士禛的朱墨笔之评，最少的是王世贞紫笔之评。应该特别指出的是：书中宋荦的黄笔之批有很多不是他本人之评，大都是引刘辰翁、杨慎等人之说。此外在朱墨批语中，还杂有王士禛之兄王士禄的杜诗评语，其数量要多于王士禛、宋荦等人。因为"西樵"为王士禄之号，所以书中专门用"西樵曰"加以区别。从总体上看，卢坤所辑五家之评，多简明扼要，如关于杜甫《玉华宫》一诗，王士禛朱墨笔评曰："后亦弩末。竟删四句更警。"宋荦黄笔于题下评曰："旧评哀思苦语。"邵长蘅绿笔评曰："旧评起结凄黯，读者殆难为情。"王慎中蓝笔评曰："只此数韵，无限曲折，诗正不在多也。"语言简短，但是都比较精当，便于把握。

以上是对 21 种杜诗海外藏版的情况介绍，从中我们自然可以看出其特殊价值，所以应该加以整理，以便推进杜诗研究的深入。